Maria Miess

Erinnerungen eines
Bauernmädchens aus Siebenbürgen

Maria Miess
Erinnerungen eines Bauernmädchens aus Siebenbürgen
Erscheinungsjahr 2006

ISBN-10 3-8334-6442-9
ISBN-13 978-3-8334-6442-3

Bearbeitet von
Lebensgeschichten und Biografien
Ortrun Irene Martini
Biografin
Schreyerhof 14
74395 Mundelsheim
Tel. 07143-967400

Herstellung und Verlag: Books on Demand GmbH, Norderstedt

Inhalt

Vorwort

Ein jedes Märchen fängt mit dem Satz an: „Es war einmal..." Auch ich bin
geneigt, so zu beginnen, wenn ich meine Lebenserinnerungen aufzeichne.
Meine Erinnerungen sind jedoch kein Märchen. Ich werde alles so schildern,
wie es sich zugetragen hat und so, wie ich mich an meine Kindheit und die
Jugendzeit während des Krieges, an die Lebensstationen in der „alten Heimat"
Siebenbürgen erinnere.

Heute bin ich Rentnerin und lebe zusammen mit meinem Mann glücklich in
unserer zweiten Heimat Ludwigsburg, im Stadtteil Eglosheim.
Wir haben eine Tochter, Rosemarie, auf die wir sehr stolz sind und eine kleine
Enkeltochter, Dana.
Diese gaben mir Ansporn und Zuspruch, die vielen Erlebnisse in der alten und
neuen Heimat aufzuzeichnen und für die Zukunft zu bewahren.

Ich danke ihnen, meinem Mann, meiner Familie, den Nachbarn, Freunden und
Bekannten für die große Unterstützung, die sie mir haben zuteil werden lassen,
bei der Entstehung dieses Büchleins.

Maria Miess, im Jahre 2006

Meine Kindheit

Burghalle, mein Geburtsort

Geboren bin ich in dem kleinen Dörfchen Burghalle bei Bistritz in Nordsiebenbürgen am 28. August 1930. Ich wuchs als Bauernmädchen in eine Bauernfamilie hinein, die aus Vater, Mutter, drei Brüdern und meiner Oma bestand. Mein Opa verstarb als ich zwei Jahre alt war. Ich habe ihn also kaum gekannt.

Ich hatte eine glückliche Kindheit.

Unser Dorf war klein. Es verfügte insgesamt über ungefähr 94 Hausnummern und lag an einem Fluss. Dort lebten noch weitere neun rumänische Familien, fünf jüdische Familien und 12 Zigeunerfamilien.

Unser Haus hatte die Hausnummer 56 und lag gegenüber dem Pfarrhaus, der Kirche und der Schule[*].

Wir hatten einen Pfarrer, Michael Rehbogen und einen Lehrer, Herrn Klein sowie den Bürgermeister Georg Poschner.

Zu dem Gemeindewesen zählten noch, soweit ich mich erinnere, Kirchenräte – oder Presbyter, wie wir sie nannten, ein Kurator, drei Organisten, nämlich Martin Hendel, (Hausnummer 54), Georg Hendel (Hausnummer 59) und Peter Horeth (Hausnummer 51).

Obwohl es ein kleines Dorf war, hatten wir eine schöne Kirche und ein Gemeindehaus mit einem großen Tanzsaal und einer Kanzlei für die Sitzungen des Gemeinderates.

Ich habe mein Heimatdorf sehr geliebt, schließlich bin ich dort aufgewachsen.

Unser Grund und Boden lag in einer Ebene, weiter weg war ein Wäldchen und dahinter begannen etwas steilere Berge, auf denen der Wein wuchs.

Wir lebten im sogenannten Budaktal.

---

[*] Die Vergabe der Hausnummer war folgendermaßen: Beginnend mit Pfarrhaus und Schule stiegen die Hausnummern in Richtung Obere Gasse und sanken in Richtung Untere Gasse. So kam es, dass unser Haus in der Mittelgasse die Hausnummer 56 hatte und gegenüber dem Pfarrhaus mit der Nummer 2 lag.

Burghalle
Quelle: www.siebenbuerger.de
Luftbildaufnahme: Georg Gerster - Quelle: Siebenbürgen-Institut Archiv

Die Kirche von Burghalle
Quelle: www.siebenbuerger.de

Die Gegend bei Burghalle
Quelle: www.siebenbuerger.de

Unsere Kirche

Unsere Nachbardörfer waren Waltersdorf, Petersdorf, Oberneudorf, Senndorf, Deutschbudak, Minarken. Sie alle hatten mehr bergiges Ackerland als unsere Gemeinde.

Insgesamt gab es mehr als vierzig Gemeinden in Nordsiebenbürgen. Die Gegend nannte man auch Nösnerland.

Bistritz war unsere Kreisstadt. Eine andere große Stadt in Nordsiebenbürgen war Klausenburg, die lag jedoch von Bistritz recht weit weg.

Insgesamt gab es in Siebenbürgen an die 200 deutschen Städte und Gemeinden. Die größten waren Hermannstadt, Kronstadt, Schäßburg, Mediasch. Sie alle lagen im südlichen Teil Siebenbürgens. Dieser war stärker besiedelt als der nördliche Teil.

Ich glaube, unseren Vorfahren hat es im Süden besser gefallen, als sie im 12. Jahrhundert aus der Rhein- und Moselgegend, aus Luxemburg und Norddeutschland nach Siebenbürgen ausgewandert sind.

In der Schule haben wir alles über die Geschichte gelernt. Demnach hat König Geysa der II aus Ungarn Deutsche ins Land gerufen, um den Urwald zu roden und fruchtbar zu machen und es gegen die Ostvölker zu schützen.

Unsere Vorfahren kamen mit Ochsen und Pflugschar an und brachten auch Rebstöcke aus der Moselgegend mit.

Unser Dorf erhielt den Namen „Burghalle", weil dort in der Römerzeit eine Burg gestanden hat. Das ergaben Ausgrabungen nach dem zweiten Weltkrieg, die vom Museum in Bistritz aus auf dem Friedhof in Burghalle durchgeführt wurden.

Ich erinnere mich noch, dass die Ausgrabungen geheim waren und alles mit Planen abgedeckt wurde, damit keiner sah, was dort war. Ein Angestellter des Museums war ein Deutscher aus Petersdorf, Georg Wagner, der erzählte es jedoch, dass man alte Mauerreste gefunden hätte, auch Werkzeuge und Scherben von Tontöpfen.

Alle Funde wurden im Museum in Bistritz ausgestellt.

Meine Familie

Das Bauernleben auf dem Dorf hat mir sehr gut gefallen. Wir Kinder haben nicht viel gemurrt, wenn unsere Eltern uns eine Arbeit zugeteilt haben, auch wenn wir manchmal keine große Lust dazu hatten. Wir haben dennoch die Arbeit ausgeführt.

Wenn wir dann gelobt wurden, weil wir die Arbeit gut verrichtet haben, dann waren wir glücklich.

Die Eltern nahmen uns schon mit auf's Feld, bevor wir eingeschult wurden. Es gab keinen Kindergarten. Jeder musste auf seine Kinder aufpassen.

In jedem Haushalt gab es eine Oma oder einen Opa, die diese Aufgabe übernahmen. Ich hatte auch eine Oma. Sie hat mir alles gegeben, was ich wollte und auch alles gekocht, was mir schmeckte. Ich erinnere mich, wenn wir draußen vor der Haustür spielten, rief ich schon lange vor dem Abendessen: „Oma koch mir Grießbrei, mit viel Zucker und Zimt drauf!"

Ja, was machen die Omas nicht alles für die Enkelkinder!

Meine Brüder waren wesentlich älter als ich. Martin wurde 1921 geboren und Johann 1923. Sie gingen damals schon zur Schule und am Nachmittag mussten sie mit auf's Feld gehen.

Ich hatte noch einen Stiefbruder Georg aus der ersten Ehe meiner Mutter. Er war behindert, jedoch nicht pflegebedürftig, aber er gab nur Antwort, wenn man ihn was fragte und machte nur genau das, was man ihm sagte. So nahmen ihn meine Eltern auch nicht mit auf's Feld.

Meine Mutter erzählte mir, sie sei bei allen Ärzten mit ihm gewesen, sogar in Klausenburg. Dort hätte ein Arzt sie gefragt, ob der Vater des Kindes

Alkoholiker sei und dass die Behinderung davon kommen könne. Ja, das stimmte. Der erste Ehemann trank viel Schnaps und ist dann auch daran gestorben.

Meine Mutter hatte noch einen weiteren Sohn, Stefan, vom ersten Ehemann. Der war aber gesund.

Er ging mit meinem ersten richtigen Bruder, der auch Georg hieß, wie mein Vater, in die Schule. Es war der erste Sohn aus zweiter Ehe. Beide sind zugleich in einer Woche an Diphtherie gestorben.

Das war ein großes Leid für meine Mutter.

Ich ging mit ihr immer zum Friedhof das Grab schmücken. Sie lagen beide im gleichen Grab.

Meine Mutter hat mir dies alles erzählt. Das Schicksal ist manchmal unbarmherzig, aber es heißt ja auch: „Gott legt uns eine Last auf, aber er hilft sie auch tragen."

Mit meinen Brüdern Martin und Johan habe ich es sehr gut gehabt. Ich war das kleine Schwesterlein und wurde auch ein bisschen verwöhnt.

Später erzählten sie mir, sie hätten nie mit mir geschimpft. Wenn ich einmal geweint habe ohne Grund, haben sie mich nachgeäfft: „äh-äh-äh" und auf einmal habe ich aufgehört zu weinen.

Familienbild von Familie Stierl, Burghalle im Jahr 1936. Ich bin 6 Jahre alt

Unser Pfarrer Rehbogen hatte drei Kinder. Die älteste Tochter hieß Martha, der Junge hieß Michael und die jüngste Tochter hieß Gretchen (Gretl). Meine Brüder waren fast jeden Tag mit den Pfarrkindern zusammen, die Gretl war ein Jahr älter als ich, Martha und Michael waren etwa gleich alt wie meine Brüder. Als ich klein war, haben sie mich überall hin mitgeschleppt.
Mit Gretchen kam ich dann in eine Klasse.

Schulzeit

Wir waren 12 Mädchen und 11 Jungen in einer Klasse. In der ersten Klasse hatten wir den Lehrer Klein, der war sehr streng mit den Kindern. Er musste alle Klassen unterrichten, denn es gab nur einen Lehrer im Dorf. So waren wir immer 2 Klassen zusammen in einem Raum. Wenn er die eine Klasse unterrichtete, dann hatte die andere stille Beschäftigung. Aber wehe, wenn da einer zu seinem Nebensitzer etwas geflüstert hat oder gelacht hat.
Dann ist er mit dem Spanischen Rohr-Stock bearbeitet worden, die Jungen auf das Hinterteil und die Mädchen auf die Handflächen. Daheim haben wir aber nichts verraten, denn die Eltern sagten sowieso nur: „Ihr werdet es ja verdient haben!" Die Eltern gingen nie zum Lehrer, um ihm Vorwürfe zu machen. Auch sonst haben wir Schläge mit dem Stock vom Lehrer Klein bekommen, sei es, wenn wir ein Gedicht nicht auswendig aufsagen konnten oder eine Geschichte oder sogar wenn wir die Matheaufgabe an der Tafel nicht lösen konnten. Da haben wir uns dann schon sehr bemüht, so wenig wie möglich die Stöcke zu spüren zu bekommen.

Bei uns im Dorf gab es acht Volksschulklassen. Nach der achten Klasse ist man konfirmiert worden, dann erst gehörte man zu den Jugendlichen. Es gab eine Schwesternschaft und eine Bruderschaft. Bei den Mädchen gab es eine Altmagd und eine Jungaltmagd und bei den Jungen einen Jungknecht und einen Jungaltknecht, die für Ordnung sorgten. Dann waren noch Kirchenvater und Kurator als höhere Vorgesetzte für die Jugendlichen. Einmal im Monat wurde eine Besprechung veranstaltet, in der die Kirchenräte die Regeln für die Jugendlichen aufstellten, was erlaubt war und was verboten.

Wenn sich jemand etwas zu Schulden kommen ließ, wurde er bestraft, zum Beispiel auch, wenn ein Jugendlicher am Sonntag Nachmittag der Kirche fernblieb, ohne sich beim Kirchenvater zu entschuldigen. Als Strafe musste er dann einen gewissen Betrag bezahlen. Dies alles galt nur vor dem Zweiten Weltkrieg. Danach nicht mehr.

Trotz der strengen Regeln und der strikten Ordnung was es sehr schön. Als Schulkinder haben wir schon Theater aufgeführt, zum Beispiel: Der Wassermann und die Nixen, der Weber am Webstuhl, der Doktor Pillermann. An Weihnachten wurde das Krippenspiel aufgeführt, das war das schönste von allen. Alle Mädchen waren Engel. Das war eine ganz große Aufregung, alle in Weiß, zuletzt wurde der Schleier mit lauter glänzenden Sternen beklebt, aufgelegt, Flügel aus Draht mit weißem Krepp-Papier überzogen, die Haare aufgeflochten und lauter Engelhaar auf dem Kopf angebracht. Die Freude war unbeschreiblich und wir waren auch sehr stolz, als man uns lobte, wie schön wir gesungen hätten.
Als Kinder sangen wir auch schon im Chor in der Kirche an Weihnachten, an Ostern, Pfingsten und am Muttertag sowie am Erntedankfest.
Wir haben überhaupt viel gesungen.

Vor dem Pfarrhaus und der Schule stand eine hohe, dicke Eiche. Es wurde erzählt, sie sei schon über 100 Jahre alt. Sie steht auch heute noch da.
Im Sommer haben wir oft unter der Eiche im Kreis gespielt oder Reigen aufgeführt und dabei immer gesungen. Unsere Frau Pfarrerin, Sofia Rehbogen und die Tochter Martha haben uns sehr viel beigebracht, jedoch nur Sonntags. An Wochentagen mussten wir nach der Schule am Nachmittag auf den Acker mitgehen und den Eltern helfen bei der Arbeit. Die Schulaufgaben machte man abends.
Die Eltern sagten: „Du sollst ja nicht Pfarrer oder Lehrer werden. Was ein Bauer oder eine Bäuerin braucht zum Leben, lernt ihr ja in acht Jahren in der Schule. Lesen, Schreiben, Mathematik, mehr braucht ein Bauer nicht; nur die Gesundheit und zwei starke Hände zum Schaffen und einen festen Glauben an Gott, der all unsere Geschicke lenkt im Leben."

Wer genug Geld hatte, konnte seine Kinder in die Kreisstadt auf das Gymnasium schicken, die war nur 10km entfernt von Burghalle, aber der Bauer musste sehen, wie er mit seinen Einnahmen und Ausgaben zurecht kam.

Manchmal war die Ernte nicht sehr gut, es gab Hagel oder anderes schlechtes Wetter und die Ernte fiel nicht vollkommen aus. Man hatte auch Schweine, Ochsen, Kühe zum Verkaufen auf dem Jahrmarkt, um etwas Geld zu machen, aber Geld zum Studieren war keines da. Vom Staat gab es auch kein Geld, jeder musste sein Studium selber finanzieren.

Bei uns im Dorf sind nur die Pfarrkinder auf das Gymnasium gegangen und – soviel ich weiß – die Söhne des Bürgermeisters. Diese sind auf die Ackerbauschule gegangen.

Unsere Kirche hatte auch viele Grundstücke und meines Wissens auch zwei Dreschmaschinen. Den Acker hatte der Pfarrer bestellt. Er hatte hierfür einen Dienstknecht. Die Tiere hat eine Dienstmagd versorgt. Die Frau Pfarrer und Herr Pfarrer Rehbogen haben jedoch auch selbst Hand mit angelegt.

Das Bauernleben

Frau Pfarrer war eine sehr liebe Frau. Sie hatte einen großen Gemüsegarten angelegt, in dem es auch Himbeeren und Erdbeeren gab. Mit Gretchen waren wir die ganze Zeit am Pflücken, wenn sie reif waren.

In unserem Garten hatten wir mehr Stachelbeeren und Johannisbeeren. Für Erdbeeren war kein Platz mehr, weil Gemüse angepflanzt wurde. Die übrige Gartenfläche war mit Obstbäumen bepflanzt.

Außerdem gab es noch einen gemeinsamen Krautgarten, wo jeder aus dem Dorf ein Grundstück hatte, auf das nur Kraut und Zwiebeln gepflanzt wurden.

Oberhalb des Dorfes hatte jeder ein Stückchen, auf dem Hanf angebaut wurde und hinter den Gärten haben wir viel Mohn und Rüben und Kartoffeln usw. angepflanzt.

Weiße Bohnen hat man meistens in die Maisfelder gesät, die haben sich dann an den Stängeln entlanggezogen, jedoch gab es auch Buschbohnen, die wuchsen unten, die gelben Butterbohnen und die grünen Bohnen für die Suppe hat man im Garten am Haus gepflanzt. Alles in allem war es eine mühsame und harte Arbeit, aber schon in der Bibel steht geschrieben. „Im Schweiße deines Angesichts sollst du dein Brot essen...“

Wir haben nicht nur für unseren eigenen Bedarf angebaut sondern auch auf dem Wochenmarkt in Bistritz die Waren angeboten und Geld damit gemacht.

Ich kann mich noch erinnern, mein Vater ist im Herbst, wenn die Frucht eingebracht war, bis nach Vatra-Dorna, hoch ins Gebirge gefahren, denn dort lag bis spät in den Frühling Schnee und Früchte und Gemüse sind nicht gut gediehen, dort konnte er alles etwas teurer verkaufen.

Aber es war auch mühsam, man musste mit dem Pferdewagen zwei Tage und eine Nacht fahren und in Poiana Stampi einmal übernachten. Mein Vater ist nicht alleine gefahren, es waren mehrere Wirte, die sich zusammengeschlossen hatten. Mein Vater ist meistens mit Horeth (Nr. 61), Hendel (59), Fleischer (74) zusammen gefahren. Wenn etwas passieren sollte, konnten sie sich so helfen.

Es war gefährlich, alleine zu reisen, denn im Gebirge herrschte ein Räuberhauptmann Nicolitza, der hat oft die Leute überfallen, die vom Markt mit Geld heimfuhren. Er war kein schlechter Räuber. Er hat das Geld nicht für sich behalten, sondern es an die Armen verteilt. Das erzählte mir mein Vater.

Es dauerte eine ganze Woche, bis sie aus Vatra-Dorna wieder daheim ankamen. Wir Kinder wussten schon die Uhrzeit, in der sie eintreffen würden und lauerten schon außerhalb des Dorfes auf sie, denn das, worauf wir warteten, hatten sie schon vorne im Wagen in der Kutscherlade bereit. Wir bekamen dann Seidenbonbons, Stroh-Schokolade und was wir am meisten liebten, fingerlange, ungefähr 3cm breite Waffeln, darauf waren drei Ringlein mit farbigen Sternchen, die waren in durchsichtiges Zellophanpapier eingepackt, so dass man sie sehen konnte. Es war so eine Freude, als wären wir im siebten Himmel!

In unserem Dörflein hatten wir auch einen Kaufladen am Fluss bei der Brücke. Der gehörte einem Juden Namens Kamelea, ein sehr netter Mensch. Er hatte eine schöne Frau und zwei Kinder, ein Mädchen Goldie und einen Jungen Nissu, außerdem lebte er mit der Mutter und seiner Schwester Frieda, die war nicht verheiratet, zusammen. Kamelea hatte auch eine Dienstmagd, eine Rumänin. Diese hatte einen Sohn, der schon älter aber nicht verheiratet war. Im Dorf nannte man ihn den Altknecht. Die beiden haben ihm die Wirtschaft geführt. Er hatte auch Büffelkühe, die gaben Milch, außerdem besaß er eine Schafherde und einen Kessel zum Schnaps brennen. Im Kaufladen gab es alles, von A-Z. An der Straßenseite war der Laden und ein Wirtshaus mit Tischen und Stühlen, aber da bekam man kein Essen, sondern nur Getränke. Die Männer gingen meistens am Samstag oder Sonntag Abend hin, um Karten zu spielen, Zigaretten zu rauchen, ein Dezi Schnaps zu trinken oder ein Bier oder Wein. Sie machten Witze, unterhielten sich über die Wirtschaft, es kannte jeder jeden. Wenn man kein Bargeld hatte, war es nicht so schlimm, Kamelea schrieb die Schulden auf. Zwei Bauern aus dem Dorf haben so viele Schulden gemacht, dass sie dem Kamelea einen Teil ihres Ackers überschreiben mussten. Er hat es verstanden, Geschäfte zu machen.

Im Jahr 1943 wurde er zusammen mit den anderen abtransportiert.

Die anderen Juden, Weiß, Jomkel, Henschä waren Schuster und ärmer. Ebenso der Heller. Er hatte einen kleinen Laden, wo er Kleinigkeiten verkaufte, aber das Geschäft lief schwach, so war er arm. Die Dorfbewohner haben sich mit den Juden sehr gut verstanden. Diese sprachen auch unsere sächsische Mundart.

Schade, dass der Krieg gekommen ist.

Ich bin auch oft zum Kamelea gelaufen, um einzukaufen, wenn mich meine Mutter geschickt hat. In der Zeit konnte sie etwas anderes machen daheim. Es war gar nicht weit, aber ich brauchte dennoch Zeit und zum tragen war es auch nicht schwer, aber wenn ich Hefe mitbrachte, habe ich sie auf dem Weg immer schon zur Hälfte aufgegessen.

„Ach", sagte Mutter dann, „hast du die Hefe schon wieder halber gegessen? Jetzt lauf schnell zurück und hol noch mal welche."

Die Hefe war nicht in Päckchen verpackt sondern in einer großen länglichen Packung von einem halben Kilo oder einem ganzen Kilo, genau weiß ich es nicht mehr. Von dort schnitt Kamelea immer ein Stück herunter, soviel, wie man haben wollte.

Das Brot wurde nicht nur mit Hefe zubereitet sondern auch mit Sauerteig. Der war das wichtigste beim Brotteig. Die Nuss- und Mohnstriezel, die Hanklich, Zwieback, Krapfen usw. hat man nur mit Hefe zubereitet.

Brot wurde nur einmal in der Woche gebacken, in großen Familien auch zwei Mal in der Woche. In jedem Haushalt gab es einen großen Backofen. Bevor man das Brot in den Backofen geschoben hat, wurden aus dem Brotteig kleine Stückchen Teig ausgewellt und gefüllt mit Zwiebel, Mohn, Äpfel, Zwetschgen, Quark, Kürbis usw., worauf man gerade Lust hatte. Von der Seite her wurde der Teig ausgewalkt und in der Mitte zusammengeschlagen. Wir in Burghalle haben 6 Ecken geformt, in Petersdorf hat man 4 Ecken geformt. Das war ein Festessen, das es meistens am Samstag Abend gegeben hat und dazu gab es Milch, meistens frisch gemolken. Mein Vater hat die Milch nur gekocht getrunken.

Ich kann mich erinnern, wenn meine Mutter zum Melken gegangen ist, habe ich nicht lange gezögert, dachte, „jetzt wird sie ja schon was im Melkgefäß haben", habe mir eine Tasse genommen und bin ihr nachgelaufen. Da hat sie mir die Tasse gefüllt und ich habe die Milch getrunken, die noch ganz warm war. Das war ja köstlich!

Man hatte immer frische Milch, frische Eier, frisches Gemüse, es war alles „Bio-Anbau". Die Äcker wurden nur mit Stallmist gedüngt. Fleisch gab es nicht alle Tage. Meistens am Sonntag hat man ein Huhn geschlachtet oder einen Stallhasen.

Schweinefleisch gab es nur geraucht. Jeder Bauer hat vor Weihnachten ein oder zwei Schweine geschlachtet. Es wurde Bratwurst, Leberwurst, Blutwurst, Pressmagen gemacht, dann wurden Rippchen, Bratwurst, Haxen usw. geräuchert und auch andere Wurst. So war das Fleisch und die Wurst den ganzen Sommer über haltbar.

Es gab, wie man heute sagt, auch eine Metzgerei. Wir haben sie „Fleischbank" genannt. Das war ein Holzhäuschen am Fluss bei der Mühle und gehörte dem Cousin meiner Mutter, Martin Hesch von Hausnummer 5. An den Samstagen wurde dort geschlachtet. An anderen Tagen nur, wenn es Notschlachtungen geben musste.

Vor Ostern wurden die Lämmer geschlachtet, im Herbst die großen Schafe, vor Weihnachten die Schweine. So war immer ein bisschen Fleisch da.

Auf einem Bauernhof gibt es immer etwas zu essen, auch in den schweren Kriegszeiten.

Feste und Feiern

In unserem Dörfchen gab es auch eine Musikkappelle, wie in jedem anderen Dorf auch. Die hat Brautpaare auf dem Weg zur Trauung in die Kirche begleitet, die Toten zum Friedhof. Im Sommer haben sie vor dem Pfarrhaus bei der Eiche Konzerte gemacht. Wir haben es „Platzmusik" genannt. Zu Pfingsten sind sie im Dorf aufmarschiert und haben schöne Märsche geblasen. Wir Schulkinder sind paarweise hinterher marschiert. Immer trugen zwei Mädchen einen großen Blumenkranz in ihrer Mitte. Je mehr Schulmädchen waren, desto länger wurde der Zug. Danach folgten die Jungen, auch immer zu zweit. Jeder hatte ein Fähnchen in der Hand, Blau und Rot. Das war unsere sächsische Fahne.

Nach dem Aufmarsch gingen alle unter die Eiche, dort wurde gefeiert und getanzt bis es dunkel wurde.

Es gab auch eine Freiwillige Feuerwehr , die jedes Jahr einen Ball veranstaltet hat.

Es war immer etwas los.

Die Jugendlichen haben öfter Tanzveranstaltungen abgehalten. An allen Feiertagen und auch zwischendurch, wenn sie Lust hatten.

Wir Schulkinder haben auch mal hin und wieder im Gemeindesaal tanzen dürfen, aber alle Mütter und Omas saßen ringsherum auf Bänken und beobachteten, wer ihr Mädchen zum Tanzen aufforderte. Auch bei den Jugendlichen saßen die Mütter und Großmütter dabei bis zum Morgengrauen, wenn die Tanzveranstaltung zu Ende war. Es hat dennoch niemanden gestört, denn die Mädchen saßen auf dem Schoß ihrer Mütter und die Jungen standen mitten im Saal. Wenn dann die Musikanten anfingen zu spielen, drehten sie sich auf dem Absatz um und verneigten sich vor dem Mädchen, das sie zum Tanz aufforderten. Wenn dann der Tanz zu Ende war, ging jedes Mädchen zur Mutter oder zur Oma, wenn keine Mutter da war und die Jungen blieben wieder mitten im Saal stehen.

Sie sangen viele Lieder gemeinsam, manchmal auch zu zweit oder zu dritt. Wenn sie ein neues Lied singen wollten, unterhielten sie sich über dieses oder jenes, bis die Musikanten ihre Instrumente wieder anstimmten.

Es war wirklich schön anzusehen, wenn alle in der Tracht gleich angezogen, sich im Saal drehten.

Die Tracht war eine teure Kleidung. Ein Bauer musste zwei Ochsen verkaufen, bis er die Tochter für die Konfirmation eingekleidet hat. Die Tracht hat man dann die ganze Jugendzeit zu festlichen Anlässen getragen, Sonntags in die Kirche und zu Tanzveranstaltungen.

Die Kleidung der Jungen war nicht so teuer. Auch sie wurden neu eingekleidet, bekamen neue glänzende Stiefel und Trachtenhosen, gesticktes Hemd, gestickte Trachten-Gürtel und einen schwarzen Mantel aus feinem Wollstoff, der vorne an den Ärmeln, am Stehkragen, an der Brust und vorne am Saum mit schwarzer Stickerei verziert war.

Da freute man sich die ganze Woche über, dass man am Sonntag zur Kirche gehen konnte. Die Kirche war immer voll. Es blieb kein Platz leer. Jeder hatte seinen Platz. Man ist dem Alter nach gesessen. Die Jungen saßen oben auf der Bühne bei der Orgel. Es gab keine Kinderkirche. Die Schulkinder saßen vorne beim Altar. Wenn der Pfarrer auf den Predigtstuhl ging, gingen sie zur Kirche raus. Nur an Weihnachten zu den Metten durften die kleinen Kinder in der Kirche bleiben bis zum Schluss. Dann bekamen alle Kinder einen schönen großen Lebkuchen mit einem Bildchen drauf von Engeln oder dem Weihnachtsmann oder einem Herzen.

Die Schulkinder haben Weihnachtsgedichte vorgetragen. Es wurde auch das Lied gesungen: „Kommt zusammen Christi Glieder" in vier Chören von der Schuljugend.

Wenn man dann heimkam, wartete man schon auf den Weihnachtsmann.

Als wir klein waren, haben wir sehr an ihn geglaubt. Es war die Verwandtschaft, die sich als Weihnachtsmann verkleidete. Sie klopften mit einer Rute an die Haustüre. Dann fragten die Eltern, wer da sei. „Der Weihnachtsmann" kam als Antwort.

„Darf ich rein zu euren Kindern?"

„Ja, komm rein!"

Wir hatten große Angst. Ich weiß, ich habe mich immer an der Schürze von meiner Mutter festgehalten. Dann fragte der Weihnachtsmann, ob wir auch brav seien und ob wir beten könnten. Danach mussten wir das Gebet aufsagen.

Du lieber heiliger frommer Christ,
weil heute dein Geburtstag ist,
so ist auf Erden weit und breit
bei allen Kindern frohe Zeit.
Oh segne mich, ich bin noch klein,
oh mache mir das Herze rein,
oh bade mir die Seele hell
mit deinem reinen Himmelsquell,
dass ich wie Engel Gottes sei
in Demut und in Liebe treu,
dass ich dein bleibe für und für,
Du heiliger Christ, das schenke mir!

Danach bekamen wir unser Geschenk, ein paar Nüsse und Äpfel, auch einen Lebkuchen wie der aus der Kirche. Mehr gab es nicht. Wer viele Verwandte hatte, der hat sich einen ganzen Stapel Lebkuchen unter dem Weihnachtsbaum gesammelt und wir waren ganz glücklich darüber.

Auch hatten wir eine große Freude Ende August, wenn der Kinderjahrmarkt stattfand.

Da konnte man Karussell fahren, Eis essen, Melonen und jede Menge Süßigkeiten, in den Zirkus gehen und in andere Vorstellungen. Einen Ball oder eine Mundharmonika bekam man auch.

Ich kann mich erinnern, als ich eine Mundharmonika bekommen habe, wollte ich sie schnell der Nachbarin zeigen.

Als wir zuhause angekommen waren, war sie auch im Hof und ich rief ihr zu: „Katharina! Komm an den Brunnen." Wir hatten einen Brunnen im Hof an der Grenze. Ich zeigte ihr die Mundharmonika und gab sie ihr, sie solle sie angucken. Sie hatte sie noch nicht fest in der Hand und ich hatte schon losgelassen und „Plumps" fiel sie in den Brunnen. Der war ganz tief und dort ist sie auch geblieben. An dem Jahrmarkt war mir zum Schluss die ganze Freude verdorben. Ich hatte halt Pech gehabt. Mein Vater hat nicht geschimpft. Er sagte nur: „Hast du nicht aufgepasst, hast du nun keine mehr."

Meiner Nachbarin war es auch peinlich, dass es so passiert ist, aber wir waren ja beinahe jeden Tag zusammen. Wir waren beide gleich alt und in der gleichen Klasse.

Ich kann mich an ein Spiel erinnern, das uns damals Freude bereitet hat, das wir aber nach dem heutigen Wissensstand bestimmt nicht mehr spielen würden:

Durch unser Dörflein führte ein Wassergraben, den hat man oberhalb des Dorfes aus dem großen Fluss umgeleitet. In diesem mit Wasser gefüllten Graben lebten Frösche zwischen den Steinen. Sie waren oben grau und gelb am Bauch. Abends kamen sie an das Ufer raus. Meiner Nachbarsfreundin und mir kam die Idee, die Frösche zu drillen. Wir fingen sie in unserer Schürze ein und trugen sie bei uns auf die obere Treppe. Dann trieben wir sie wieder mit einer Rute zum Wassergraben zurück.

Heute würde man sagen, dass sei eine Vorstufe von Tierquälerei. Damals haben wir uns damit nicht auseinandergesetzt.

Wir hatten unseren Spass daran, jemandem Befehle erteilen zu können.

In der Mittelgasse, wo wir wohnten waren wir eine ganze Mädchenclique zusammen: Rosina Hesch (Nummer 5), Katharina Ungar (Nummer 49), Sofia Poschner (Nummer 50), Rosina Hendel (Nummer 53), Grete Rehbogen (Nummer 2), Maria Horeth (Nummer 61), Katharina Hendel (Nummer 57), und ich, Maria Stierl (Nummer 56).

Die anderen Klassenfreundinnen wohnten in der oberen und unteren Gasse. Mit denen kamen wir außerhalb der Schule meistens am Sonntag und in der Spinnstube zusammen.

In der fünften Klasse hat uns Grete Rehbogen verlassen. Sie ging nach Bistritz aufs Gymnasium. Sie kam jedoch hin und wieder nach Hause und lehrte uns dann neue Lieder, die wir noch nicht kannten.

So vergingen die Jahre und die schöne Kinderzeit. Wir waren mit allem zufrieden. Wir hatten keine großen Wünsche. Was wir von den Eltern bekamen, das war gut.

Blumenmädchen mit Kränzen, vorne links bin ich, 1940

Aufmarsch der Jugend, 1940

Aufmarsch der Blasmusik, 1940

Kriegszeiten

Johann hat einen Unfall

Im Jahr 1940 marschierte die ungarische Armee bei uns in Nordsiebenbürgen ein. Nordsiebenbürgen wurde den Ungarn zugeteilt. Es hieß, dies sei geschehen, weil Hitler den Ungarn für ihre Unterstützung im Krieg danken wollte.

Anfangs waren auch die Rumänen auf der Seite der Deutschen. Damals regierte noch König Michael in Rumänien, der aus dem Hause Hohenzollern stammte.

Den Einmarsch der ungarischen Soldaten habe ich deswegen noch in Erinnerung, weil sich im Frühjahr ein großer Unfall in unserer Familie ereignete.

Meine Brüder haben Mist zum Düngen auf den Acker gefahren. An den Wagen haben sie vor die Kühe ein Pferd gespannt. Als sie vor dem Tor ankamen, ist mein jüngerer Bruder Johann vom Wagen herunter gesprungen, um das Tor zu öffnen. Das Pferd ist erschrocken und hochgesprungen, dadurch hat es sich ausgespannt. Der Eisenring, mit dem es vor den Kühen angespannt war, hat sich gelöst und es wollte weg rennen. Mein Bruder wollte das verhindern, trat schnell auf den Strang mit dem Fuß. Sein Fuß ist jedoch nach hinten abgerutscht und das Pferd ist losgerannt.

Mein Bruder ist umgefallen und das Pferd hat ihn mitgeschleift. Mein Bruder Martin konnte es nicht verhindern, alles ist so blitzschnell gegangen.

Bruder Johann hatte sich dabei den Fuß gebrochen, aber nicht den, mit dem er am Strang hing, sondern den anderen.

Und das kam so: Unser Nachbar von Nummer 57 hatte einen großen Steinhaufen mit Bruchsteinen, mit denen er das neue Haus bauen wollte, vor der Haustüre liegen.

Als das Pferd mit meinem Bruder daran vorbeipreschte, hat er sein Bein an einem Stein so unglücklich angeschlagen, dass der Oberschenkelknochen dabei gebrochen ist.

Die ungarischen Soldaten haben den Unfall mit dem Pferd gesehen, da sie auf einer Hofstelle unterhalb der Schule stationiert waren. Sie sind gleich rüber gelaufen und wollten das Pferd einfangen, aber das Pferd warf die ersten um, dann liefen alle rüber und konnten es zusammen schließlich einfangen und zum Stehen bringen.

Zu der Zeit war ich gerade nicht daheim, sondern im Krautgarten. Als ich heimging und in die Untergasse einbog, sah ich viele Leute in der Mittelgasse zusammen stehen. Ich dachte gleich, da muss etwas passiert sein und so war es denn auch. Als sie mich sahen, kamen gleich Nachbarn angelaufen und sagten: „Dein Bruder Johann hat sich das Bein gebrochen."

Das war ein Schreck! Ich lief so schnell ich konnte nach Hause. Mein Bruder lag da in einer Blutlache. Der Sanitäter von der Ungarischen Armee war da, hat ihm die Wunde desinfiziert und das Bein geschient. Meine Mutter weinte und wir alle mit.

Mein Bruder sagte nur: „Mutter, ich soll Euch doch nicht weinen sehen."

Mein Vater hat gleich den Wagen hergerichtet, darauf haben sie meinen Bruder gelegt und ins Krankenhaus nach Bistritz gefahren.

Drei Tage lang hat der Chefarzt Jonas immer nur den Kopf geschüttelt, wenn meine Eltern fragten, ob es wieder gut werde.

Meine Eltern haben sich immer abgewechselt. Ein paar Tage ist mein Vater bei meinem Bruder geblieben, danach meine Mutter ein paar Tage, bis man ihm den Fuß eingegipst hat und er wieder heim durfte.

Mein Bruder sagte: „Mein Leben verdanke ich den ungarischen Soldaten."

Wir alle im Haus haben ihn mit Liebe gepflegt. Er bekam alles, was er wünschte. Seine Wünsche waren auch nicht groß, er wollte nur was Gutes zum Essen.

Wenn wir draußen am Feld waren, war die Oma bei ihm.

Jetzt mussten wir alle besser anpacken bei der Feldarbeit, denn es fehlte eine Arbeitskraft.

Wir waren aber alle froh, dass er am Leben geblieben ist und bei uns war.

Mein Vater

Ich hatte einen Onkel in unserem Dorf, Thomas Stierl. Mein Vater stammte ursprünglich aus Petersdorf. Sie waren vier Brüder. Einer lebte in Bistritz, Johann, Michael, der Jüngste, ist zuhause geblieben, mein Vater Georg und Onkel Thomas haben nach Burghalle eingeheiratet.

Mein Onkel Thomas war Uhrmacher. Er hatte im ersten Weltkrieg beide Beine verloren und hatte Prothesen, konnte aber damit nur sehr schwer gehen. Gleich nach dem Krieg hat er in Wien Uhrmacher gelernt.

Seine Frau und Kinder führten die Wirtschaft und er reparierte Uhren. Die Arbeit ging ihm nie aus, denn von allen Dörfern im Umkreis kamen die Leute zu ihm, um die Uhren reparieren zu lassen. In der Stadt war dies viel teurer.

Sein ältester Sohn ist mit 17 Jahren gestorben, zwei weitere Söhne sind im Krieg gefallen, der jüngste Sohn ist bereits im Kindesalter gestorben.

Von seinen Kindern leben heute noch die drei Töchter Maria, Rosina und Katharina in Saulheim mit ihren Familien.

Von Onkel Johann und Onkel Michael leben heute auch noch drei Kinder in Saulheim. Leider leben wir weit weg von meinen Cousinen und Cousins.

Mein Vater galt als der Zahnarzt des Dorfes. Er war sieben Jahre bei der Marine im ersten Weltkrieg auf dem Schiff Viribus Unitis. Dort hat er das Zähne ziehen gelernt.

Er hatte dreierlei Zangen, mit denen er diese Arbeit verrichtete.

Die Leute kamen nicht nur aus unserem sondern auch von den umliegenden Dörfern zu ihm, obwohl es ja sehr weh tat, einen Zahn ohne Narkose zu ziehen, aber die Patienten nahmen das in Kauf, denn sie mussten so nicht bis in die Kreisstadt fahren und auch nicht so viel wie dort bezahlen. Wenn er 2-3 Lei bekam oder von den Ungarn 2-3 Pengö war er schon zufrieden. Manche Verwandten sagten einfach „Dankeschön" und es war gut. Er machte es einfach gern, jemandem die Schmerzen lindern.

Er hat mir sehr viel von seiner Zeit bei der Marine erzählt. Er hatte ein großes Fotoalbum voller Fotos vom Schiff und von allen Ländern, wo er mit seinen Kameraden war. Auf manchem Foto war er alleine abgebildet. Es war schön anzusehen, wie er schneeweiß angezogen, mit runder Seemannsmütze, von der zwei dunkle Bänder runterhingen, barfuss posierte.

Einmal erzählte er mir folgendes lustige Erlebnis:
Als sie in einem Hafen in der Türkei anlegten, durften sie an Land gehen. Das durften sie zwar in jedem Hafen, aber dort war es etwas besonderes, was er dort erlebt hat. Er ist mit seinem besten Freund, der sich Schorsch nannte aber eigentlich Georg hieß und aus Südsiebenbürgen stammte, ausgegangen. Als sie an einem Fluss vorbei gingen, waren Frauen beim Wäschewaschen und als sie

die beiden Männer gesehen haben, haben sie den Schleier vor das Gesicht fallen lassen. Die beiden Männer grüßten, bekamen aber keine Antwort, weil die Frauen sie wahrscheinlich nicht verstanden haben.

Auf alle Fälle haben sie nachher erfahren, dass man die Frauen auf dem Markt verschleiert verkauft, nicht einzeln, sondern vier bis fünf Frauen zusammen. Wenn der Mann mit den Frauen nach Hause kam, durfte er den Schleier lüften und sich eine davon als Ehefrau aussuchen, die anderen verkaufte er weiter auf dem Markt.

Nach zwei Tagen kam Schorsch mit fünf Frauen auf das Schiff, aber der Spass ist ihm vergangen, denn der Kapitän schickte alle wieder weg und der Schorsch durfte das Schiff nicht mehr verlassen, solange sie dort im Hafen lagen. Das war seine Strafe.

Wenn man viel in der Welt herumreist, erlebt man viel. Manches war damals im ersten Weltkrieg anders als heute.

Meine Mutter erzählte mir, als mein Vater sie zum ersten mal besuchte, wäre er in der Matrosen-Uniform und mit weißen Handschuhen gekommen und meine Großmutter hätte gesagt, als er gegangen war: „Du Maria, glaubst du, dass aus dem Mann einmal ein richtiger Bauer werden wird?"

Später konnte sie sich dann davon überzeugen, dass er ein braver Mann war und die Wirtschaft gut führte. Er war sehr stolz auf seine Kinder und hat noch Grundstücke dazugekauft, obwohl ja schon ziemlich viel Grund da war.

Meine Mutter war das einzige Kind ihrer Eltern und hat zusätzlich zu deren Grund noch von ihrem ersten Mann Grund für die Kinder geerbt, die sie von ihm hatte. Mein Vater war jedoch bemüht, jedem Kind möglichst viele Grundstücke als Heiratsgut mitzugeben. Leider hat das Schicksal es anders gewollt und mit dem zweiten Weltkrieg kam alles anders.

Im Jahr 1942 mussten schon die ersten jungen Männer und jungverheirateten Männer in den Krieg ziehen. Es flossen viele Tränen bei den Müttern und jungen Frauen und Kindern.

Mein Bruder Martin musste auch in den Krieg als einer der ersten. Es war sehr traurig, wenn man weiß, dass sie nur als Kanonenfutter geopfert wurden.

Mein Bruder Johann wäre auch unter den ersten gewesen, aber weil er das gebrochene Bein hatte, hat ihm der Arzt eine Bescheinigung ausgestellt, dass er noch untauglich für den Krieg sei, so hatten wir wenigstens ihn noch ein Weilchen daheim.

Mein Bruder Martin hat uns sehr viele Briefe und Karten nach Hause geschrieben. Aus Finnland, aus Debiza, Krakau, von überall, wo er ausgebildet wurde. An mich hat er schöne Karten adressiert auf denen waren Blumen, Katzen und andere Tierchen abgebildet. Ich war sehr glücklich darüber und zeigte sie jedem, der zu uns kam. Ich nahm sie auch in die Schule mit.

Mit Martin war eine starke Arbeitskraft in den besten Jugendjahren weg.

Mein Bruder Johann konnte zum Glück wieder gut anpacken bei der Arbeit, aber mein Vater wollte ihn noch schonen, damit sein Fuß gut ausheilt. Lange durfte er auch nicht mehr bei uns bleiben.

1943 wurde eine neue Serie von jungen Burschen und älteren Männern einberufen. Er hatte zwar wieder eine Bescheinigung vom Arzt, aber die hohen Herren haben sie zerrissen und gesagt, jetzt müsste der Fuß schon ausgeheilt sein und haben ihn tauglich geschrieben.

Der Lehrer Klein ist zu meiner Mutter gekommen und hat gesagt:

„Frau Stierl, wenn, wenn ihr Sohn nicht zur Armee geht, dann darf er kein deutsches Mädchen heiraten und darf nicht mehr zur Kirche gehen und auch nicht mehr zu den Jugendlichen oder zu Tanzunterhaltungen."

Nun war es also soweit, meine Mutter musste auch den zweiten Sohn hergeben.

Abends sangen die Jugendlichen auf den Straßen: „*Wohlan, wohlan, du junges Blut, jetzt werden wir Soldaten und Mädel lass dir raten, sei keinem anderen gut..*"

Es waren schon mehrere Familien, die zwei Söhne hergeben mussten, für den Krieg.

Als wir mit meinem Bruder Johann dann in die Kreisstadt gefahren sind zum Bahnhof und ihn verabschiedet hatten, rief er nochmals aus dem Wagon raus: „Mutter, ich soll Euch nicht weinen sehen!"

Sie hat sich ja tapfer gehalten, aber als wir dann zum Pferdewagen zurückgingen, um nach Hause zu fahren, ging ihr das Herz doch über und sie weinte bitterlich.

„Ach Kinder, für wen haben wir Euch großgezogen und behütet wie unseren Augapfel. Jetzt müssen wir Euch hergeben als Kanonenfutter!"

Wir weinten ja auch, aber niemandem tat es so weh wie den Eltern.

Es war ja so leer ohne die Brüder aber wir hatten nicht viel Zeit zum Nachdenken, die Tiere mussten versorgt werden, die Feldarbeit musste gemacht werden.

Ich wurde jetzt mehr eingespannt zur Arbeit, obwohl ich erst 13 Jahre alt war und auch noch zur Schule ging, aber ich habe nie gemurrt. Ich habe alles gerne gemacht, was meine Eltern mir sagten. Ich dachte, ‚das machst du ja für deine Brüder' und dankte Gott, dass ich noch die Eltern und die Großmutter hatte.

Jetzt warteten wir jeden Tag auf Post von den Brüdern. Martin war fleißiger im Schreiben als Johann. Natürlich schrieb auch er jede Woche einmal, aber, soviel ich weiß, schrieb er nicht an Mädchen wie Martin es tat. Hierzu musste man nur den Briefträger befragen, dann wusste man alles.

Nun waren wir nur noch zu dritt bei der Feldarbeit. Meine Mutter konnte nicht immer mit, denn meine Großmutter konnte zuhause nicht mehr alles alleine machen, sie war ja bereits 91 Jahre alt. Man konnte sie nur bewundern, was sie dennoch so alles machte.

Beim Maisernten – wir nannten es Maishäufeln – hat mein Vater mich auf das Pferd gesetzt, wenn die Maisstängel zu hoch waren, um es zu lenken. War das eine Freude! Ich fühlte mich da oben wie eine Königin. Wenn wir fertig waren, wollte ich nur ungern runter kommen und durfte dann auch bis nach Hause auf dem Pferd reiten. Auch lehrte er mich Ungarisch bei der Feldarbeit, weil wir jetzt unter ungarischer Herrschaft waren. So mussten wir in der Schule eine Stunde Ungarisch lernen und mein Vater hat mir viel geholfen durch seine Nachhilfe. Auch Kopfrechnen hat er mit mir geübt, aber das kam nicht so gut an bei mir. Ich staunte immer, wie gut meine Eltern die Kopfrechnungen beherrschten, aber mir ging das nur schwer in den Kopf rein.

Aber wie hieß es immer: „Du sollst ja nicht Pfarrer oder Lehrer werden..."

Mir gefiel die Feldarbeit sehr gut, vor allem im Frühjahr, wenn man zum Pflügen raus fuhr. Ich musste die Tiere antrieben. Die hatten zwar alle Namen, aber beim Antreiben gab ich ihnen alle Namen, die mir einfielen. Mein Vater lachte oft darüber.

Wenn man Pause machte, sangen alle Frühjahrsvöglein ihre Lieder, das war herrlich, ein jedes in seiner Art.

Am Pflug klebte ein schönes Bild von der Maschinenfabrik in Ulm, wo der Pflug hergestellt wurde. Das war so schön bunt und gefiel mir so gut, dass ich nach jedem Pflügen den Dreck abgewaschen habe.

Das waren noch glückliche Kindertage! Damals wussten wir noch nicht, dass das friedliche Landleben bald zu Ende ist.

Deutsche Soldaten

Eines Tages kamen die deutschen Soldaten ins Dorf marschiert und sangen das Lied: *„Wir sind vom ersten bayerischen Jäger-Battallion. Heil und Sieg der ersten Kompanie..."*

Das war so eine Aufregung im Dorf, alle Leute kamen aus ihren Häusern heraus. Unsere Nachbarin sagte, das bedeutet nichts Gutes; der Krieg kommt näher.

Die Offiziere und höhere Grade wurden einquartiert, die anderen Soldaten haben ihre Zelte auf der Hofstelle unterhalb der Schule aufgeschlagen. Dort, wo auch die Ungarn im Jahr 1940 stationiert waren. Sie hatten auch einen großen Funkwagen dabei.

Dann haben wir erfahren, warum sie in unser Dörflein einmarschiert sind: auf unserer Ebene wollten sie einen Not-Flughafen bauen. Dafür haben sie nicht das fruchtbare Land genommen sondern die Viehweide am Kirchwald. Dort haben sie auch Bunker gebaut an den Waldrand. Jeden Tag kamen sie ins Dorf zum Mittagessen. Jeweils 5 Familien kochten zusammen das Essen für die Soldaten.

In den Nachbardörfern waren die Hamburger Jungen von 14 – 17 Jahren einquartiert, sie wurden wegen der Bombenangriffe auf Hamburg nach Siebenbürgen gebracht .

Als dann immer mehr Soldaten kamen, hat man sie auch auf andere Dörfer verteilt. Das Leben im Dorf wurde dann turbulenter.

Die Soldaten machten ein Kino im Gemeindesaal. Wenn es im Saal zu eng wurde, zeigten sie den Film an der Außenwand der Kirche. Wenn die Bänke aus dem Saal nicht ausreichten, brachten die Leute von daheim Stühle mit. Es war ja etwas Neues. Wir hatten ja noch nie einen Film gesehen.

Es gab zwar in Bistritz ein Kino, aber wer ist je vom Dorf in die Stadt gefahren, um ins Kino zu gehen? Dafür war keine Zeit.

An folgende Filme, die gezeigt wurden, kann ich mich gut erinnern: *Die Julischka aus Budapest, der große Schatten, Lilli Marleen u.a..* Ich kann mich nicht erinnern, dass Kriegsfilme gezeigt wurden.

Auch Tanzunterhaltungen habe sie organisiert, sie hatten auch eine Militärmusikkappelle dabei. Ebenso führten sie Theaterstücke auf. Die Leute im Dorf konnten dennoch nicht fröhlich sein, denn aus fast jedem Haus waren ein oder zwei Söhne im Krieg, aus den Familien Lörinz (Nummer 34) und Hendel (Nummer 27) sogar drei Söhne.

Mein Bruder Martin kam auch an die Ostfront. Beim Bunker bauen hatte er Lungenentzündung bekommen, kam dann zurück ins Hinterland und bekam eine Woche Urlaub. War das eine Freude! Leider nur kurz, denn er musste ja wieder zurück, aber wir hatten uns wenigstens mal wieder gesehen.

Mein Bruder Johann ist nicht auf Urlaub gekommen, er war in der Ausbildung bei den Panzerfahrern und hat wahrscheinlich keinen Urlaub bekommen. Man musste sich zufrieden geben, mit allem, was die Obrigkeit mit uns machte.

Dann wurden auch die Jungmädel und die DJ-Jugend gegründet.

Sonntags gingen wir auch manchmal zum Turnen in Turnanzügen. Da haben die älteren Frauen viel geschimpft: „Ist das nicht eine Schande, so nackig durch das Dorf zu laufen!"

Aber das war die neue Zeit. Wir sangen Hitler-Leider, kannten schon alle auswendig. Ich weiß noch heute jedes einzelne.

Man bekam Halskettchen und Ringlein mit dem Hakenkreuz, die Zweitfahne wurde mit dem Hakenkreuz gehisst, in der Schule wurde der Lehrer schon mit erhobener Hand gegrüßt. Jeden Morgen stellten wir uns draußen bei der Eiche auf in einem offenen Viereck und vier oder fünf Kinder mussten einen Spruch sagen für *„unseren Führer und das Vaterland"*. Ich kann mich noch genau an meinen Spruch erinnern, der hieß: *„Die großen Geister sterben nie, sie leben. Leben heißt Genie!"*

Ich habe den Spruch nie verstanden, denn ich sagte ihn immer so auf: *„Die großen Geister sterben nie sie leben leben heißt Genie!"*

Ich hatte den Spruch vom Lehrer zum Aufsagen beim Morgenappell bekommen. Die Propaganda war sehr sehr groß, die Alten schüttelten nur den Kopf und sagten: „Wenn das mal gut geht..", aber es ging ja um das „deutsche Vaterland", das ja eigentlich auch unser „altes Vaterland" war, aus dem unsere Vorfahren stammten.

Die deutschen Soldaten haben sehr gestaunt, als wir mit ihnen Deutsch gesprochen haben. In der Kirche und in der Schule wurde nur Deutsch gesprochen und gesungen, aber privat und zuhause haben wir uns nur in unserer Mundart Sächsisch unterhalten. Es wurde auf jedem Dorf ein anderer Dialekt gesprochen, aber im großen und ganzen haben wir alles gut verstanden.

1943 wurde der Lehrer Klein ausgewechselt. Wir waren froh, als er weg war, aber der Neue kam aus Petersdorf, hieß Hösch und hatte noch mehr Lust, Schläge mit dem Stöckchen auszuteilen.

Zwei Jungen aus unserer Klasse hat er einmal so geohrfeigt, dass ihnen das Blut aus der Nase rann. Er konnte ganz schön wütend werden wegen jeder Kleinigkeit. Wir sind nur bis zur Konfirmation an Ostern 1944 zu ihm in die Klasse gegangen.
Zum Konfirmations-Unterricht sind wir zum Pfarrer Rehbogen gegangen. Er hat uns in der Kanzlei hinter dem Gemeindesaal unterrichtet. Es wurden Schulbänke hineingestellt.
Der Pfarrer war auch streng zu uns, aber er hat nicht so schnell gehauen, hat die Jungs meistens am Ohr gezogen. Trotzdem war es eine schöne Zeit.

Konfirmation

Im Winter 1943/44 haben die Mütter schon für ihre Mädchen und Jungen die Trachtenkleidung gestickt. Bei den Jungen war es einfacher, da mussten sie nur das Trachtenhemd besticken, aber bei den Mädchen gab es viel zum Nähen und Besticken. Meine Mutter saß da bis Mitternacht und nähte. Sie hat mir auch gezeigt, wie man das macht. Ich habe ihr auch geholfen, wenn es einfach war. So habe ich auch die ganze Perlenschnur auf mein Trachtenkleid gemacht und die Spitzen gehäkelt, damit alles fertig wurde bis zur Konfirmation.
Das war schon ein großer Tag und sehr aufregend, denn wir mussten alles auswendig aufsagen, was wir gefragt wurden. Es gab keinen Spickzettel, auf den man sehen konnte. Der Pfarrer half, wenn man stecken blieb, aber das galt schon als Schande für den Konfirmanden und auch dessen Eltern.
Es ist aber alles gut gelaufen, wir bekamen einen schönen Konfirmanden-Schein, auf dem oben in der linken Ecke ein schönes Blumensträußchen in bunter Farbe aufgedruckt war. Dann stand bei jedem noch ein anderer Spruch geschrieben.
Mein Konfirmationsspruch hieß:

„Lass dich nicht durch das Böse überwinden sondern überwinde das Böse mit Gutem"

Den Konfirmanden-Schein habe ich noch heute obwohl die Schrift schon ein bisschen verloschen ist und in meinem Leben habe ich mir oft den Spruch als guten Vorsatz genommen.

Meine Brüder konnten nicht dabei sein. Mein Bruder Martin musste wieder an die Front. Er bekam nochmals Urlaub, da haben wir uns wieder sehr gefreut, aber nur kurz, es ging so schnell vorbei, aber wir hatten uns wieder mal gesehen. Mein Bruder Johann kam nicht, er bekam keinen Urlaub.

Unser dritter Nachbar von Nummer 53 kam oft abends zu meinem Vater und debattierte über den Krieg.

Eines abends sagte er zu mir: „Maria komm her zu mir, ich soll dir ein Gebet vorsagen. Willst du das lernen?"

„Ja, ein Gebet immer" erwiderte ich.

„Dann höre zu, wie es geht"

Gebet

Du lieber Gott kannst alles geben,
darum gib auch, was ich wünsche heut,
schütze der Soldaten Leben,
schütz den Führer auch vor Leid
und gib dass, wenn der Krieg ist aus,
meine Brüder kehren nach Haus.

Von da an habe ich jeden Abend nach meinem Nachtgebet auch das Gebet für meine Brüder gesagt und innig den lieben Gott darum gebeten, dass er meine Brüder beschütze, dass sie wieder nach Hause kommen, wenn der Krieg aus ist.

Der Sommer kam näher und mit ihm viel Arbeit. Die Jungen Männer fehlten in jeder Familie. Der Bürgermeister teilte den Familien, wo die Männer fehlten, Zigeuner und Rumänen die arbeitsfähig waren, ein, um zu helfen. Sie wurden dafür bezahlt, aber sie waren keine große Hilfe. Sie schafften nur in zwei Tagen, was sonst an einem Tag geschafft wurde bei der Weizenernte.

Wir hatten auch eine Zigeunerin und eine Rumänin, die hatten auch ihre Kinder mit dabei, für die musste man noch kochen und raustragen. Auf einem

Acker haben sie die ganze Woche rumgemurkst. So viel haben meine Eltern und ich an einem Tag geschnitten.

Der Weizen wurde noch mit der Sichel geschnitten, nur der Hafer und die Gerste wurden mit der Sense geschnitten.

In dem Jahr, 1944 war eine gute Ernte, alles war wunderbar gediehen, man konnte sich freuen. Das Wetter war uns hold, obwohl in der ganzen Welt der Krieg tobte. Wir konnten uns nicht so recht freuen, denn von meinem Bruder Martin kam kein Schreiben mehr.

So verging eine Woche, danach die zweite und obwohl wir von der Arbeit hundemüde waren, konnten wir keinen Schlaf finden. „Ach, unser Martin wird doch gefallen sein!"

Ich dachte, der liebe Gott hat vielleicht dein Gebet doch nicht erhört, betete aber unermüdlich weiter und endlich kam aus Neudorf ein Mann Namens Hesch aus der Unteren Gasse mit einem Brief von seinem Sohn, der schrieb, der Martin Stierl aus Burghalle sei schwer verwundet, man hätte ihn ins Hinterland transportiert und der Vater sollte uns das mitteilen.

Da keimte eine Hoffnung in uns auf, dass er vielleicht doch noch lebte.

Der Mann aus Neudorf sagte: „Naja, bis dieser Brief angekommen ist, kann mein Sohn auch schon gefallen sein." So war es dann auch. Nach ein paar Tagen bekam er die Nachricht, dass der Sohn gefallen ist für Führer und Vaterland und wir bekamen endlich eine gekritzelte Karte von meinem Bruder, dass er im Lazarett liege und verwundet sei. Man hätte ihm einen Granatsplitter aus dem Kopf herausoperiert, er sei über eine Woche bewusstlos gewesen, deshalb habe er nicht schreiben können. Die Karte hätte er so liegender geschrieben, aber es war wenigstens ein Lebenszeichen von ihm.

Aus Burghalle waren auch schon viele gefallen.

Im August hat sich dann Rumänien von den Deutschen abgewandt und hat sich mit den Russen verbündet und die deutschen Soldaten waren dort in Rumänien alle eingekesselt.

Bei uns im Hof haben sie die Sammelstelle eingerichtet, haben zwei Luxmaschinen reingestellt mit Offizieren und alle, die sich über die Grenze durchgeschlagen haben, mussten sich da melden, denn wir waren ja seit 1940 bei Ungarn und die haben sich nicht mit den Russen verbündet.

Es konnten sich aber nur wenige über die Grenze retten. Die meisten haben dort ihr Leben lassen müssen. Wenn sie bei uns im Hof ankamen, waren sie so verstaubt und dreckig, dass man nur das Weiße in ihren Augen sehen konnte, aber dieses leuchtete sehr glücklich, dass sie noch am Leben waren.

Ein Offizier fragte meine Mutter, ob sie noch weiße Bohnen übrig hatte, für die Soldaten zum Kochen. „Ja, jede Menge" sagte sie „habe ich auf dem Dachboden, aber so einen großen Topf zum Kochen für so viele Leute habe ich nicht."

Da antwortete er: „Sie haben da so einen großen Kessel eingemauert."

„Den benutzen wir aber nur für die Wäsche."

„Das macht nichts, Hauptsache es gibt etwas zum Essen" erwiderte er.

Meine Mutter gab ihnen auch noch ein Stück Rauchfleisch und Sauerrahm, damit die Bohnen nach etwas schmeckten.

Wenn ein neuer Soldat ankam fragte er nur: „Gibt es was zu essen?"

„Ja, weiße Bohnen."

„Ach wie schön!" Sie erzählten, dass sie sich wochenlang in den Maisfeldern und Wäldern versteckt hielten und sich von rohen Maiskolben und Rüben ernährten.

Es blieb ja nicht nur bei den Bohnen. Meine Mutter gab ihnen auch Weißkraut, Kartoffeln, Karotten, Kohlrabi, Zwiebeln und vieles mehr, also von allem, was auf einem Bauernhof zu finden ist. Sie gab es auch vor Freude, dass ihre Söhne noch lebten. Damals ahnten wir noch nicht, dass wir auch bald ohne etwas dastehen sollten.

An ein weiteres aufregendes Erlebnis kann ich mich noch erinnern:

Eines Tages war ich mit meinem Vater bei der Haferernte nicht weit vom Kirchenwald. Auf einmal kam ein kleines Flugzeug angeflogen - wie ein Blitz - und ein anderes folgte ihm. Wir dachten, sie würden beide auf dem Notflughafen landen. Auf einmal sah es jedoch nach Kampf aus und eines fiel herunter und das andere flog davon.

Am Abend, als wir nach Hause kamen, hörten wir, dass das andere ein feindliches Flugzeug war und den deutschen Piloten getötet hat. Er wurde dann auf unserem Friedhof beerdigt. Er hieß Erwin Finkernagel. Alle Soldaten waren bei der Beerdigung und alle Jugendlichen und Erwachsenen aus dem Dorf , die konnten, waren dabei. Es wurden drei Salutschüsse abgefeuert, die Blaskapelle spielte *„Ich hatt' einen Kameraden",* alle weinten, obwohl man ihn nicht kannte.

Er hatte ein schönes Begräbnis. Wie viele hat man von uns wie Hunde eingescharrt oder einfach ins Wasser geworfen?

Unserem zweiten Nachbarn, Peter Ungar (Nummer 58) und einem Sohn von Frau Hendel (Nummer 27) haben sie Hände und Füße zusammengefesselt und haben die beiden in die Donau geworfen. Nach meinen Erinnerungen sind an die zwanzig jungen Männer gefallen aus unserem kleinen Dörflein. Es war traurig.

Wir werden evakuiert

Dann kam noch eine schlechte Nachricht ins Dorf. Der Tagehüter trommelte eines Tages, dass aus jedem Haus eine Person vor die Schule bzw. das Pfarrhaus kommen sollte, es wäre etwas wichtiges mitzuteilen. Was da mitgeteilt wurde vom Pfarrer, Bürgermeister und von Wehrmacht Soldaten, schlug wie eine Bombe bei den Dorfbewohnern ein: Wir sollten evakuiert werden! Das war ja der Hammer! Nicht genug, dass die Jungen Männer weg waren, nun mussten wir alle aus unserem Dorf weg ziehen. War das ein Geheule und ein Gejammer, vor allem von den älteren Leuten, aber die Wehrmacht sagte: „Wenn ihr nicht wollt, dann werdet ihr alle nach Russland verschleppt."

Auch war der Befehl vom Gebietsführer aus Bistritz gekommen, da musste man ja gehorchen. Es wurde auch gesagt, dass man sich für ungefähr sieben Wochen Lebensmittel auf den Wagen packen soll.

Mein Vater ging in den Petersdorfer Wald, Eppesch hieß er, und brachte Haselnuss-Äste. Die ließen sich biegen. Damit richtete er den Wagen her für die Reise, so, wie man es vom Wilden Westen oder von den Wanderzigeunern her kannte. Von den Offizieren hatte er Planen bekommen, dafür hat er ihnen Wein gegeben. Dann spannte er Schafwolldecken über die Bögen, die den Regen besser abfließen ließen. Dann wurde eingepackt, nur die beste Kleidung in zwei große Kisten, Weizenmehl, Maismehl, Holzfässchen mit eingesalzenem Käse, ein Schwein wurde geschlachtet und das Fleisch gebraten und in Tontöpfen mit Fett übergossen, damit es haltbar bleibt. Eine Hühnerkiste hat er auch gezimmert, auf der einen Seite mit Maschendraht und sie hinten am Wagen befestigt. Dort haben wir acht Hühner untergebracht, denn wir hatten ja noch die alte Großmutter, die war mittlerweile 92 Jahre alt. Mein Vater meinte, wenn wir unterwegs mal länger Pause machen würden, könnten wir ein Huhn schlachten und Suppe daraus kochen, das wäre für unsere Großmutter gut, dass sie zwischendurch eine kräftige Hühnerbrühe bekommt.

Der Tag der Evakuierung nahte.
Am 17. September 1944 wurde noch einmal ein Gottesdienst abgehalten, in dem der Pfarrer Rehbogen die letzte Predigt in Burghalle abhielt und den lieben Gott um Hilfe anflehte, für die lange Reise ins Ungewisse.
Am 18. September früh am Morgen ging es los, aber meine Großmutter wollte nicht auf den Wagen aufsteigen.
Sie sagte zu meiner Mutter: „Maria, lasst mich doch hier im Haus. Ich lege mich ins Bett und esse drei Tage lang nichts und wenn die Russen kommen, bin ich tot."
Mein Vater und meine Mutter hatten große Mühe, bis sie unsere Oma im Wagen hatten. Meine Mutter hatte das Federbett auf die zwei Kisten mit Kleidung gelegt und die Oma darauf gebettet. Wir hatten auch noch Kissen und Decken mitgenommen. Die Glocken des Kirchturms läuteten zum Abschied von unserem kleinen Dörflein, die Tore wurden aufgemacht und die Wagen bildeten eine Kolonne zum Aufbruch. Man sah noch einmal zurück in den Hof, der voll mit deutschen Soldaten war, denen auch die Tränen in den Augen standen. Man hatte sich ja schon mit ihnen angefreundet. Mein Vater hatte ihnen den ganzen Wein gegeben und sehr viele Zigaretten dafür bekommen. Er selber hat zwar nicht geraucht, aber er hat sie angenommen als ob er geahnt hätte, dass man damit noch viel erreichen kann.
Nun waren wir auf der Straße und fuhren in eine ungewisse Zukunft.
Es hieß, wir sollen bis auf das Gebirge *Major Caposch* fahren und wenn die Front vorüber sei, sollten wir zurück in unsere Häuser, aber davon war keine Rede mehr, als wir unterwegs waren. Wir sind am *Major Caposch* vorbeigefahren, aber es ging weiter. Dort war der Weg sehr steil, die Pferde konnten nur mühsam die Wägen hinauf ziehen. Wir schoben alle drei am Wagen, meine Mutter, mein Vater und ich, aber unsere Hilfe war nicht sehr groß. Mein Vater hatte immer einen großen Stein in der Hand und wenn die Pferde nicht mehr weiter konnten, hat er den Stein gleich unter das Rad gelegt, damit der Wagen nicht rückwärts rollen konnte.
Man sah einige, wie sie einen Sack mit Mehl oder ein Fässchen mit Käse oder etwas anderes , das schwer war, in den Graben neben dem Weg warfen.
In Ungarn gab es kein großes Gebirge mehr, aber wir mussten den ganzen Tag neben dem Wagen herlaufen, meistens mein Vater und ich, denn wir konnten

nicht alle auf dem Wagen sitzen. Abends waren wir hundemüde, haben immer neben dem Wagen geschlafen. Es wurde so oft wie möglich neben einem Dorf Rast gemacht. Zum Glück konnte mein Vater gut Ungarisch sprechen. Er brachte Heu für die Pferde und Stroh zum Schlafen. Manchmal hat er mich bei einer Familie zum Schlafen einquartiert und ich habe dort auch Essen bekommen. Ein wenig Ungarisch konnte ich auch, weil wir in den letzten vier Schuljahren eine Wochenstunde Ungarisch hatten. Ich kannte die Bedeutung von vielem, konnte mich jedoch nicht fließend auf Ungarisch unterhalten, aber oft reichten meine dennoch Kenntnisse aus.

Manchmal wurden längere Pausen gemacht, damit Menschen und Pferde rasten konnten. Die Idee meines Vaters, die Hühner mitzunehmen, erwies sich als sehr gut. Wir haben hin und wieder ein Huhn geschlachtet und Suppe gekocht, das hat uns allen gut getan. Wir haben ja meistens „Trockenes" essen müssen, aber es gab meistens etwas zu essen. Mein Vater und die Dorfbewohner hatten ja auch Geld, mit dem man auch was kaufen konnte.

Meine Oma war sehr böse auf meinen Vater, weil er nicht nach Hause fuhr. Sie sagte, „die Nachbarn lachen euch ja aus. Ihr tut nur auf Wegen herumfahren über alle Steine und macht eure Arbeit nicht. Die Kartoffeln habt ihr noch nicht geerntet, das Korn habt ihr nicht gedroschen, noch gar nichts habt ihr geerntet." Sie hatte ja recht, aber sie konnte das nicht begreifen, dass man so lange auf den Wegen herum fährt, ohne anzukommen. Wir mussten immer Umwege fahren, weil auf der Hauptstraße das Militär verkehrte. Die Front kam immer näher, die Deutsche Wehrmacht wurde zurückgedrängt. Eine Woche nach der anderen verging so. Mittlerweile war es November. Es wurde kalt. Wir kamen in die Nähe von Ödenburg, ungarisch Schopron, das war in der Nähe von der Österreichischen Grenze. Es wurde gesagt, dass wir nach Österreich fahren. Wir waren froh, dass wir in ein deutsches Land hinein kommen sollten. Es war uns dann egal, wenn die Österreicher getötet werden, dann können sie uns auch gleich mit töten.

In Österreich

Es wurde immer kälter. Als wir über die Grenze kamen, fing es in der ersten Nacht zu schneien an. Es war auch in Österreich ein sehr kalter Wind. Mein Vater brachte Reisig aus dem nahen Wald und legte es auf die Wolldecken beim Schlafen, damit der Wind die Decken nicht wegblasen konnte, während wir schliefen. Am Morgen war alles weiß. Der Schnee lag 10 – 15cm dick auf unseren Decken. Er hat uns vor der Kälte geschützt. Gott sei Dank sind wir nach einigen Tagen am Zielort angekommen. Es wurde auch Zeit, nach acht Wochen, in denen wir unterwegs waren. Die Burghallner hat man in Richtung Nickelsburg im Kreis Sneim einquartiert. Wir wurden auf sieben bis acht Dörfer verteilt. Fünf Familien sind mit uns in dem kleinen Dörfchen Dornfeld gelandet. Es erinnerte mich an Burghalle, aber es gab keine Kirche im Dorf, nur ein kleines Türmlein mit einer kleinen Glocke. Sonntags, wenn es läutete, gingen die Leute aus dem Dorf nach Irritz ins Nachbardorf in die Kirche.

Als wir ins Dorf reinfuhren, erwartete uns schon der Bürgermeister mit dem Gemeinderat. Die Jugendlichen hatten die Schule geräumt und Strohbündel gebracht und alle fünf Familien haben die erste Nacht in der Schule geschlafen. Mein Vater und meine Mutter brachten die Oma rein. Der Armen waren ja schon alle Glieder steif. Sie haben sie auf einen Stuhl gesetzt an den Ofen. Ich habe mich zu ihr hingesetzt und habe sie gestützt, dass sie sich wärmen konnte am Ofen.

Dann sagte sie: „Es ist gut, dass euch der Liebe Gott den Verstand gegeben hat und ihr seid wieder nach Hause gekommen. Was habt ihr gedacht, im Winter auf der Straße herumzufahren in dieser Kälte!"

Wir haben sie in dem Glauben gelassen, dass wir wieder zuhause sind, wollten ihr die Freude am ersten Abend in einer warmen Stube nicht verderben.

Nach einer Weile sagte sie. „Das ist aber nicht unser Ofen."

„Ja Oma, wir sind in der Schule. Da ist der große runde Ofen, das weißt du ja. Schau, es sind viele Leute hier bis Morgen Früh. Dann geht der Vater und macht Feuer in unsrem Ofen zuhause."

„Ach" sagte sie noch mal, „es ist gut, dass der Liebe Gott Euch den Verstand gegeben hat und ihr wieder nach Hause gekommen seid."

Die Dorfbewohner hatten uns Essen gebracht und Tee und Milch. Meine Mutter gab der Oma warmen Tee zu trinken. Essen wollte sie nicht. Meine Eltern haben sie schlafen gelegt. In aller Stille ist sie eingeschlafen. Am nächsten Morgen war sie verstorben, so, als wenn sie noch zeigen wollte „ich habe durchgehalten, ihr habt nicht zurückbleiben müssen von dem Treck wegen mir." Sie ist in dem Glauben gestorben, wieder daheim zu sein und vielleicht war es ja gut, sie in diesem Glauben zu lassen, obwohl es nicht stimmte, aber sie ist so in Frieden eingeschlafen.

Am Morgen sind die anderen vier Familien, Ungar (Nummer 21), Lindert (Nummer 66), Poschner (Nummer 92), Budaker (Nummer 30) in ihre Quartier eingezogen. Wir mussten in der Schule bleiben bis unsere Oma beerdigt war. In Dornfeld gab es keinen Friedhof. Sie wurde im Nachbardorf Irritz beerdigt. Damals haben wir unseren Pfarrer Rehbogen zum letzten Mal gesehen.

Nach drei Tagen sollten wir in unser Quartier einziehen. Der Bürgermeister hatte der Familie Haselbacher schon gesagt, dass sie ein Zimmer für uns räumen sollte, aber sie haben es nicht getan. Sie wollten uns nicht reinlassen.

Mein Vater ging zum Bürgermeister und teilte ihm das mit. Da kam er und fragte sie, ob sie sich nicht schämen würden, den Menschen, die in der Not sind, nicht helfen zu wollen. Er sagte ihnen noch: „Bis heute Abend soll ein Zimmer geräumt sein." Das wurde dann auch gemacht.

Es war ja nicht so, dass sie keinen Platz hatten, sie wollten ihn nur nicht hergeben.

Sie hatten ein großes langes Haus mit 6 Zimmern allein an der Frontseite und zum Hof zu waren auch Zimmer genug. Die Familie war aber ein „Hexendreieck", drei Geschwister so zwischen 70 bis 80 Jahre alt, zwei Schwestern, Anna und Luise und ein Bruder, der Martin hieß. Sie waren alle noch nie verheiratet. Den ganzen Abend, bis wir in das Zimmer eingezogen sind, haben sie geklagt und geweint als ob jemand gestorben sei. Überhaupt war Anna die Schlimmste. Sie sagte zu uns: „Warum seids ihr denn weggekommen von zuhause? Die Straße war ja breit genug, die Russen konnten ja vorbei."

Wir haben uns nicht angelegt mit ihr.

Mein Vater sagte nur zu ihr: „Gott soll Euch behüten, Ihr sollt das nicht erleben müssen, was wir erlebt haben."

Wir haben dann auch Lebensmittelkarten bekommen und Bezugscheine für Kleidung. Der Bürgermeister hat sich rührend um uns gekümmert. Er hatte ja auch eine Familie im Haus aufgenommen, Ungar, von Nummer 21. Auch die anderen Nachbarn waren sehr lieb zu uns, gaben uns Lebensmittel und Bettzeug. Wir waren ganz gerührt. Unsere Augen wurden naß vor Freude, dass es auch Menschen gab, die ein Herz für andere Menschen in Not hatten.

Nun waren schon zwei Monate vergangen, von meinen Brüdern wussten wir gar nichts mehr, aber jeden Tag haben wir von ihnen gesprochen. „Wo werden sie denn sein?"

Vom Bruder Martin hatten wir ja Post bekommen, dass er verwundet sei, so hatten wir eine Hoffnung, dass er lebt. Vom Bruder Hans wussten wir hingegen nicht, ob er an die Front geschickt wurde oder noch nicht. Mit dem Gebet für meine Brüder habe ich nicht aufgehört, auch auf der Flucht habe ich jeden Abend für sie gebetet, dass sie nach dem Krieg wieder nach Hause kommen sollen.

Eines Tages erlebten wir eine Überraschung. Es klopfte an die Tür und wer kam herein? Mein Bruder Martin! Wir weinten alle vor Freude. „Ja, wie hast du uns denn gefunden?"

Er erzählte uns, dass er von den Soldaten entlassen worden ist wegen seiner Verwundung und er sei nicht mehr fronttauglich. Ihm wurde gesagt, dass wir aus Nordsiebenbürgen evakuiert worden sind. Dann sei ihm eingefallen, dass die Martha Rehbogen in Wiesbaden lebte. Sie war schon seit zwei Jahren vor der Flucht dort, weil sie sich beim Turnen das Rückrat gebrochen hatte. Unser Pfarrer hatte sie daraufhin nach Wiesbaden gebracht, weil es dort Spezialärzte dafür gab. Mein Bruder ist dann nach Wiesbaden gefahren und hat sich dort erkundigt nach ihrer Adresse und hat sie auch gefunden. Er dachte sich, dass Martha es wissen müsse, wo wir sind, denn wo ihre Eltern sind, da müssten wir auch in der Nähe sein. So war es dann auch und so hat mein Bruder uns gefunden. Wir waren überglücklich, dass der eine Bruder wieder bei uns war. Jetzt hatten wir nur noch einen, um den wir bangen mussten.

Hoffentlich kommt er auch bald heil nach Hause aus dem Krieg.

Mit den Dorfbewohnern hatten wir ein sehr gutes Verhältnis. Es waren alles reiche Bauern. Sie hatten breite Hofstellen und große Häuser. Der Grund und Boden lag in der Ebene, wie bei uns zuhause. Das Dorf war voller Gänse. Außerhalb des Dorfes war ein kleiner See, dort hielten sich die Gänse den ganzen Tag auf und am Abend kamen sie heim. Sie kannten ihr Hoftor, so, wie die Kühe, wenn sie abends aus der Herde heimkamen.

Im Winter war dann abends das Federnschließen, so wie bei uns die Spinnstube. Es waren nur Frauen anwesend. Wir wurden auch eingeladen. Es war lustig. Wenn man eine Stoßfeder fand, bekam die Nachbarin einen Stoß an die Rippen. Wenn man eine Pusserlfeder fand, musste man der Nachbarin ein Pusserl geben usw. Zum Schluss gab es Kuchen und Getränke, das war das schönste.

Im Dorf war auch ein Tante-Emma-Laden. Die Inhaberin war Frau Nechwatal, eine alleinstehende Frau um die sechzig. Sie hatte noch eine Mutter, an die achtzig Jahre alt. In dem Laden gab es alles an Lebensmitteln und Getränken zu kaufen, aber nur mit Lebensmittelkarten. Kleidung gab es keine. Da musste man bis nach Nikolsburg fahren.

Eines Tages kam Frau Nechwatal zu uns und fragte meine Eltern, ob ich ihr im Laden aushelfen könne zu verkaufen und abends die Punkte, die man tagsüber von den Lebensmittelkarten abgeschnitten hatte, auf die Tabelle zu kleben. Das war ja ein Angebot, über das wir uns sehr freuten. Dann sagte sie, mein Bruder Martin könnte abends auch mitkommen und helfen, die Punkte aufzukleben.

Das war eine schöne Zeit. Nach dem schweren Weg bis nach Österreich fühlte ich mich wie im Paradies bei der Frau. Ihre Mutter kochte so gut, sie hatte ja auch viele Gänse. Dann war da auch jeden Tag Kuchen auf der Kommode im Wohnzimmer. Sie sagte: „Maria, wenn du Lust hast, so hol dir zu jeder Zeit Kuchen vom Teller."

Ich hatte ja Glück, dass meine Vorgängerin nach Wien gezogen ist, so dass ich die Stelle bekommen habe. Ich habe auch dort geschlafen, mit der Oma in einer Schlafstube.

Ich hatte jetzt eine Ersatzoma, die hatte noch das Ehebett in der Schlafstube. Aber meine Chefin sagte: „Maria, komm wir stellen die Betten separat, denn die Oma hat Flöhe."

Den ganzen Winter haben wir ohne Heizung geschlafen. Die Oma stellte zwei Bügeleisen auf die Herdplatte und wenn sie warm genug waren, wickelte sie jedes in ein Tuch und legte es zuerst auf das Kissen, dann rückte sie damit immer weiter runter bis zu den Füßen, die waren feste zugedeckt mit dicken Federbetten. Wenn wir schlafen gingen, waren die Betten schön warm.

Ja, die beiden Frauen waren so lieb zu mir. Auch Kleider aus ihrer Jugend, die sie nicht mehr tragen wollten, hatten sie umändern lassen für mich.

Eines Abends fragte sie meinen Bruder, ob er auch Fahrrad fahren könne. Ja, er könne, aber noch nicht so gut, sagte er. Mein Vater hatte zwei Fahrräder gekauft, eines für Zigaretten, die er von den deutschen Soldaten bekommen hatte und eines für Geld, das er sich bei den Bauern verdient hatte.

Sie übten abends, Samstag und Sonntag, konnten aber noch nicht gut fahren. Die Fahrräder waren gebraucht, nicht neu.

Die Frau Nechwatal hatte deswegen gefragt, ob mein Bruder Fahrrad fahren könne, denn sie wollte, er solle ihr die Butter in einem Karton auf dem Paketträger aus Nikolsburg aus der Fabrik holen. Das wurde dann lustig!

Von Dornfeld in Richtung Freinspitz war eine kleine Anhöhe. Mein Bruder rollte ein paar Mal auf die Anhöhe und fuhr dann runter. So lernte er immer besser fahren, das hat er mir erzählt.

Eines Tages sagte sie: „Martin, du bleibst lang aus."

„Ja", sagte er, „Ich musste warten, bis ich die Butter bekommen habe."

Lustig war auch Folgendes: Ich habe die Kartons für die Butter immer vom Dachboden herunter geworfen. Sie waren ziemlich groß.

Eines Tages fährt mein Bruder wieder Butter holen und als sie den Deckel aufziehen, um die Butter reinzulegen, fliegen lauter Gänsefedern im Raum herum.

„Um Gottes Willen, ist die Frau Nechwatal denn heiratslustig geworden?"

Mein Bruder hat dann gesagt, dass es nicht ihre Schuld sei.

Am Abend haben wir noch lange darüber gelacht, als wir die Punkte aufklebten.

Wir waren auch sehr froh darüber, dass wir nun mit dem Bruder Johann wieder in Verbindung waren. Mein Vater und mein Bruder Martin hatten an die Adresse geschrieben, die wir von zuhause mitgenommen hatten und hatten Glück. Sie durften ihn besuchen in Deutschbrot. Mein Bruder Martin hatte zum Abschied von seinem Vorgesetzten eine ganz neue Uniform bekommen und die hatte er angezogen für den Besuch. In einer Gaststätte haben sie sich getroffen. Den Vater haben sie bei Tisch in die Mitte genommen, da ist er ganz stolz gewesen über seine Söhne in Uniform, dass er mit ihnen zusammen sein durfte. Die Leute haben aber ganz schief zu ihnen hinübergeschaut.

Nun konnten wir sicher sein, beide waren am Leben, aber die Lage wurde immer schlimmer.

Die Front kam näher. Wir mussten zum zweiten Mal flüchten.

Pfarrer Rehbogen hatte alle Dörfer, wo Burghallner einquartiert waren, informiert, sie sollen sich bereit machen auf den Weg. In den Tagen ist die Tochter von Johann Hendel (Nummer 53) an Scharlach gestorben im Nachbarort Freinspitz. Wir aus Dornfeld und den anderen Nachbardörfern sind da geblieben bis zur Beerdigung. Pfarrer Rehbogen und ungefähr die Hälfte der Burghallner sind weiter gefahren. So hat sich unser Dorf getrennt. Wir aus Dornfeld sind dann wie verlorene Schafe weiter gefahren nach Ober-Österreich. Wir hatten Abschied genommen von den guten Leuten aus dem kleinen Dörflein. Familie Schmidt von uns gegenüber hatte einen Hammel geschlachtet und für uns Fleisch gebraten und in zwei große Einweckgläser eingelegt und mit Fett übergossen, so, wie wir es mit dem Schweinefleisch gemacht haben, als wir von zuhause weg gingen. Nur unser Haselbacher Trio war froh, dass wir wegfuhren. Sie hatten uns ein Stück Garten vor unserem Fenster gegeben, um Gemüse anzubauen. Meine Mutter hatte allerlei gesät, Karotten, Petersilie usw. Als wir dann unsere Habseligkeiten auf den Wagen aufluden, hat die Anna mit der Hacke alles abgescharrt. Es war alles so schön herausgekommen, es war ja schon Anfang April. Es war so, als ob sie sagen wollte: „Von Euch brauchen wir nichts." Ich glaube, sie haben es auch zu spüren bekommen am Kriegsende.

Sie hatten einen Dienstknecht und eine Dienstmagd aus Polen zugeteilt bekommen, die waren schon da, als wie in Dornfeld angekommen sind. Der Pole hat sich mit meinem Vater angefreundet, hat uns manchmal einen Korb voll Holz reingebracht. Dafür hat mein Vater ihm ein paar Zigaretten gegeben. Er sagte: „Ich schon wissen, wo Alte Zigaretten hat, aber gibt nur zwei am Tag. Wenn Russen kommen, dann ich schon holen Zigaretten von Alte."

Wer weiß, wie es ihnen ergangen ist.

Nun fuhren wir wieder weiter, in eine ungewisse Zukunft hinein.

Wie lange wir unterwegs waren, weiß ich nicht mehr genau, es waren wohl so vier Wochen. Unser Aufenthalt war zuletzt bei einem reichen Bauern Namens Sepp Holzinger, der wohnte oben auf dem Amesberg. Er wurde auch Amesberger genannt. Er hatte so ein großes Gehöft wie eine Festung, da war alles zu, nur ein großes Tor zum Hof, eines auf der Seite zum Heuschuppen und die Eingangstür zum Haus gab es, wo man von außen herein konnte.

Es war ein zweistöckiges Haus, ein Pferdestall, ein Kuhstall, alles andere waren Scheunen, Heuschuppen und Holzschuppen, alles in einem Viereck gebaut und überdacht. Der Sepp hatte uns reingelassen zum übernachten. Wir hatten alle Platz unter dem Schuppen für unsere Wägen und Pferde. Wir haben alle im Heuschuppen geschlafen. Sie hatten zwar ein großes Haus, aber der Wirt hatte noch sechs Geschwister, eine Frau und einen kleinen Sohn. Da war kein Platz für so viele Leute. Alle fünf Familien zusammen waren wir 17 Personen. Wir waren sehr froh, dass wir auch nur im Heuschuppen übernachten durften.

Am anderen Morgen sagte der Wirt, wir sollten doch da bleiben, bis der Krieg aus ist, dann würde man sehen, wie es weiter geht.

Wir haben ihm bei der Feldarbeit geholfen und dafür haben wir das Essen bekommen. Es war eine große Bauernstube mit einem sehr großen Tisch, aber alle hatten wir nicht Platz. Wir haben in drei Gruppen gegessen. Es wurde eine große Tonschüssel in die Mitte des Tisches gestellt mit Milchsuppe. Jeder bekam einen Löffel bis die Schüssel leer war. Da war ein Appetit! Ich habe oft an die Frau Nechwatal in Dornfeld gedacht und wie gut ich es da hatte.

Nun war es soweit. Die Front kam näher. Die deutschen Soldaten waren angerückt. Einen ganzen Tag lang hatten sie von da oben mit den

Maschinengewehren hinunter gefeuert. Gegen Abend sagten sie zum Wirt, wir sollten in die Gehöfte nach unten gehen über Nacht, denn der Feind hätte nun entdeckt, dass sie von hier oben geschossen hätten und über Nacht würden sie angreifen. So war es denn auch.

Wir wurden in ein tieferes Gehöft geführt zu einem Wirt Namens Wimmer, die hatten uns einen Raum zum Schlafen freigestellt. Strohbündel wurden herein gebracht und Betten gemacht, aber schlafen konnte man nicht. Es fing schon Früh mit dem Kanonendonner an, manchmal krachte es so stark, dass man glaubte, das Haus wackelt. Es mag wohl nach Mitternacht gewesen sein, auf einmal sprang die Frau Budaker auf und rief lauf: „Hilfe, die Mauer ist eingestürzt!"

Auf einmal sprangen wir alle auf, aber es war Gottseidank nichts passiert. Gegen Morgen hörte man nur in der Ferne noch das Donnern. Dann kam unser Wirt, der Sepp und sagte uns, wir könnten wieder nach Hause kommen, die Front sei vorüber. Wir waren von den Amerikanern besetzt. Unterwegs fanden wir Kaugummi, Bonbons, Zahnbürsten und andere Kleinigkeiten auf der Wiese, wo sie in der Nacht gelagert hatten. Als wir in die Scheune kamen, sahen wir durch die Spalten vom Tor, wie die deutschen Soldaten mit erhobenen Händen da standen. Sie waren Gefangene von den Amerikanern. Es schien, als würden sie eine halbe Stunde mit erhobenen Händen da stehen. Wir sind immer wieder an das Tor gegangen, um zu sehen, ob sie immer noch so stehen, dann kam der Wirt und sagte, wir sollen in den Pferdestall gehen, es seien da im Haus vier „so große Tiere", die alles durchsuchen. Es dauerte nicht lange, da kamen sie auch i den Stall, aber der Wirt war dabei. Ich sehe sie heute noch in Gedanken vor mir. Es waren ganz große Menschen mit hohen Auszeichnungen. Der Wirt hatte ihnen erklärt, dass wir bei ihm arbeiteten, dann gingen sie wieder. Sie haben vom Wirt gar nichts genommen, aber nachher wurde es schlimm, als die Partisanen kamen.

Die Amerikaner hatten nur nach deutschen Soldaten gesucht, aber die Partisanen wollten Geld, Schnaps, Fleisch usw. Zum Glück konnte mein Vater Kroatisch oder Serbisch, das hatte er bei der Marine gelernt. Auf jeden Fall konnte er sich mit ihnen verständigen und sagte dem Wirt, was sie verlangten. Der brachte alles auf den Tisch, sie haben sich satt gegessen und getrunken. Etwas Geld gab er ihnen auch, dann sind sie abgehauen.

Einmal, als sie aus dem Haus herauskamen, saß ich am Brunnen mit dem Kinderwagen, sollte den kleinen Sohn vom Wirt zum Schlafen bringen. Das war ein Schreck! Auf einmal zog einer die Pistole und schoss auf ein Huhn, das nicht weit vom Kinderwagen entfernt war. Es war auf einmal ein Aufruhr! Der Wirt und seine Frau kamen zum Kinderwagen gerannt. Er konnte nicht so schnell laufen, weil er eine Beinprothese hatte, die Resi packte schnell ihr Kind und lief ins Haus und die Gauner lachten wie die Affen, so musste man sagen, und gingen davon.

Eines Tages kam die Tochter von Wimmer, bei dem wir übernachtet hatten bis die Front vorüber war. Sie weinte und schrie: „Herr Holzinger kommen Sie schnell, die Partisanen haben meinen Vater erschossen!"

Das war wieder eine Aufregung. Na ja, die Deutschen hatten den Krieg verloren, man konnte seine Spielchen treiben, wie man wollte. Mein Bruder Martin hielt sich auch so viel wie möglich versteckt, auch damals, als die Amerikaner in unseren Stall kamen. Er war hinter uns in der Hocke, wir standen da wie die Schafe, wenn der Blitz einschlägt. Zum Glück haben sie uns nicht so beachtet.

Die Zeit verging, die Halunken kamen immer seltener. Eines Tages kamen sie wieder und wollten unser Pferd nehmen. Die Männer waren nicht da, die waren unten bei einem Bauern und halfen mit, eine Scheune zu bauen. Als ein Partisane das Pferd am Zaum anfasste, lief meine Mutter hin und fasste das Pferd auch am Zaum und schrie ihn an : „As os en Lo", nicht nur einmal sondern mehrmals und ließ das Pferd nicht los. Das war ein ungarischer Satz und sollte bedeuten: „Das ist mein Pferd!" aber sie sagte: „Das bin ich Pferd!", dann sagte sie zu mir: „Maria, lauf schnell und hol den Vater mit dem Martin!" Ich bin gleich los gerannt. Als wir wieder da waren, war unser Pferd noch da und die Partisanen waren weg. Ich weiß nicht, ob er abgelassen hat, weil meine Mutter eine fremde Sprache zu ihm gesprochen hat und sich gedacht hat, ‚das sind ja nicht Deutsche' und deswegen die Beute dagelassen hat. Ich habe meine Mutter bewundert, was für einen Mut sie hatte, sich mit ihnen anzulegen. Sie war ja nicht so eine kräftige Frau, eher klein und zierlich, aber gekämpft hat sie um ihr Pferd.

Nachher haben wir oft darüber gesprochen und auch gelacht über das „as os en Lo". Sie kamen dann nach einiger Zeit nicht mehr. Der Sommer kam, wir halfen dem Bauern fleißig bei der Arbeit. Er hatte auch einen großen Wald, dort machten wir Reisigbündel für den Winter. Da gab es auch jede Menge Pilze, Pfifferlinge haufenweise, Himbeeren und Brombeeren. Wir gaben alles der Wirtin, denn sie kochte ja für uns, wie das Sprichwort sagt: „Viele Hände machen schnell ein Ende aber bei der Schüssel Sakramente!" So viele Mäuler, wie dort zu stopfen waren. Nach drei Monaten kam eine Nachricht, dass die

Seite von der Donau, wo wir waren, die Russen besetzen sollten und wer weiter unter der Amerikanischen Herrschaft bleiben will, muss auf die andere Seite von der Donau fahren.

Nun war guter Rat teuer. Was sollen wir machen? Mein Vater fuhr mit dem Fahrrad nach Linz runter, zu einem gewissen Bredt, der kam aus Bistritz, er hatte da eine große Gaststätte und die eigene Metzgerei. Er war geflüchtet mit 2 Luxmaschinen und 2 Lastern und lebte nun in Linz. Mein Vater hatte ihn zufällig getroffen, denn Linz war nicht so weit. Vom Holzinger – Hof aus konnte man schön auf Linz runter schauen, auch auf Ottensheim, Walding und auf ein großes Stück von der Donau.

Oft gingen sie zu Fuß nach Linz, Herr Budaker, Herr Ungar, Frau Lindert und mein Vater. So fuhr nun mein Vater dorthin, um Rat zu holen.

Er sagte: „Herr Stierl, wir bleiben auf dieser Seite, die Russen werden und wieder nach Hause fahren lassen. Wenn wir bei den Amerikanern sind, so können wir nicht mehr heim."

Nachkriegszeit in Siebenbürgen

Die Rückkehr nach Burghalle

So blieben wir dort bis September 1945. Nur wir fünf Familien trauten uns nicht auf die Reise nach Hause. Eines Tages kamen sechs oder sieben Familien bei uns vorbei, die waren aus Billak und wollten auch nach Hause fahren. Nach langen Hin- und Her- Gesprächen haben wir uns mit ihnen zusammengeschlossen und uns für die Heimreise fertig gemacht. Nun hieß es wieder Abschied nehmen von den guten Leuten. Von Mai bis September hatten wir uns gut aneinander gewöhnt. Vielleicht waren sie auch froh, dass wir wegfuhren, denn nun kam ja der nächste Winter und im Heuschuppen konnten wir nicht überwintern.

Nun flossen wieder ein paar Tränen und die große Reise ging los.

Bereits in Ungarn in Schopron, auf Deutsch Ödenburg hatten uns Plünderer in einen großen Hof hineingeschoben, um uns alles auszuplündern, was wir hatten.

Nun waren wir im Hof gefangen.

Nach einer halben Stunde kam ein Mann von den Bilackern mit einem Russen mit hohem Grad auf der Schulter und ging mit ihm zu den Plünderern. Der Russe fing an zu schimpfen mit ihnen und schrie zu uns rüber „Dawei! Dawei!" und zeigte mit der Hand, wir sollen raus fahren. Das taten wir ja gerne. Gottseidank waren wir aus der Klemme raus. Unterwegs haben wir dann die Wahrheit erfahren, dass es gar kein Russe war, sondern ein Rumäne Namens Brinsicu George. Er hatte die Uniform und die Papiere von einem Russen, der wahrscheinlich gefallen war. Er hatte uns deswegen aus der Klemme geholfen, weil er es auf ein Mädchen aus Billak abgesehen hatte. Er ist mit uns bis nach Hause gekommen. In Arad, deutsch Großwardein haben Plünderer schon wieder den Sachsen aufgelauert, aber der Brinsiku hat sich eingesetzt für uns und auf Russisch geschimpft. Er hat sogar mit den Füßen nach ihnen geschlagen und rief wieder laut zu uns rüber. „Dawei! Dawei!" und weiter ging's.

Nun waren wir ja nicht mehr so weit von Zuhause weg. Als wir bei Bistritz ankamen, haben wir uns von den Billakern getrennt. Sie fuhren in ihr Heimatdorf und wir nach Burghalle.

Später haben wir dann von den Billakern erfahren, dass der Brinsika die Maria Hendel geheiratet hat, sie hätten sich aber auch wieder getrennt.

Nun kamen wir wieder zurück in unser Dörflein. Bei der Kirche machten wir halt und wollten in unsere Höfe reinfahren, aber leider durften wir nicht. Die Rumänen und Zigeuner hatten sich eingenistet in unsere Häuser. Der Bürgermeister kam mit einigen Beamten und sie haben uns gezwungen unsere Habseligkeiten vom Wagen in den Gemeindesaal auszuladen, haben uns die Wägen und Pferde weg genommen und auch unsere zwei Fahrräder, die hatte mein Vater und Bruder Martin hinten an den Wagen befestigt, wo die Hühnerkiste war, als wir weg gefahren sind von zuhause.

Wir durften gar nichts sagen. Sie sagten. „Ihr seid ja zum Hitler gefahren. Warum seid ihr wieder zurückgekommen?"

Sie nannten uns nur die „Hitleristen", hoben die Hand und grüßten uns „Heil Hitler". Wir standen da und mussten alles über uns ergehen lassen, so, wie sie Jesus verspottet haben, bevor sie ihn gekreuzigt haben. Den einheimischen Rumänen und Zigeunern war nun mein Bruder ein Dorn im Auge.

„Was machen wir nur mit dem Stierl Martin? Der war ja bei den deutschen Soldaten." Da sagte der Jude Weiß. „Er hat keinem etwas zuleide getan, er war ein guter Junge, er hat mir noch die Hand gereicht, als er im Urlaub war."

Der Weiß und der Kamelea waren heimgekommen von der Verschleppung. Kamelea wohnte in Bistritz.

Dann sagte er zu meinem Bruder: „Morgen kommst du mit deinem Vater und ihr tut mir helfen, Äpfel zu mahlen und in Fässer einstampfen, um Schnaps zu brennen."

Gegen Abend kam der Rumäne, der in unserem Haus wohnte und sagte zu meinem Vater: „Kommt doch in euer Haus. Ihr könnt im Keller wohnen."

Er war ein Schafhirte bevor wir geflüchtet waren und hieß Gordon Ion.

Er hat uns am Abend Paluckes[*] gekocht mit Käse und Sauermilch dazu. Er gab uns Stroh zum Betten machen. Er hatte ja selber nichts in den Zimmern, bloß ein Bett, in dem er schlief, einen alten Tisch und eine Bank sowie einen Ofen.

Ein Zigeuner Namens Jurri war zuerst im Haus und hat alles ausgeräumt, sogar die Eingangstüre der Straße zu hat er mitgenommen.

Der Rumäne hat die Hintertür nach vorne eingehängt und an deren Stelle eine andere alte Türe gekauft, die hat nicht so gut gepasst, aber man konnte sie schließen.

Wir schliefen bereits zwei Wochen im Keller, da sagte er: „Kommt doch hoch ins Haus, es wird nun kalt."

Mein Vater hat irgendwoher alte Bretter bekommen und Betten zusammengezimmert.

Gordon sagte, seine Familie wolle nicht nach Burghalle kommen, sie lebten in Frisch, so könnten wir mit ihm in einem Zimmer wohnen. Er hatte schon Holz für den Winter herbeigeschafft. Wir hatten ja auch keinen Ofen im Keller.

Er war auch den ganzen Tag bei seiner Schafherde und kam nur abends nach Hause und war froh, wenn er in eine warme Stube heimkam.

Nun waren wir wieder daheim, aber wie! Arm, wie die Kirchenmäuse, mussten nur für ein wenig Essen arbeiten. Weiß, der Jude hatte hin und wieder ein bisschen Arbeit für meinen Vater und Bruder, aber beinahe umsonst. Dann kam der Bürgermeister und sagte, unser Martin solle zu ihm kommen als Dienstknecht.

---

[*] Maisbrei

Da hoffte mein Bruder, dass er etwas Geld bekäme, so erlaubten es ihm meine Eltern hinzugehen. So ging er zum Bürgermeister. Er wohnte auf Nummer 94, unterhalb von der Schule und kam aus Arden, weit weg in den Bergen. Die Leute aus seinem Dorf nannten ihn Geli Zigan. Diejenigen, die auch in unser Dorf gekommen waren, konnten ihn alle nicht leiden, weil er ein Großprotz war.

Der Winter kam. Meine Mutter und ich holten Wolle und Hanf zum Spinnen von den Rumäninnen. Auch Strümpfe und Strickjacken haben wir für sie gemacht. Wir waren heilfroh, wenn wir ein paar Kilo Mehl oder ein bisschen Käse, Speck oder Milch bekamen, um zu überleben.

Mein Vater konnte ein wenig zimmern. Er reparierte hie und da die Wägen. Er hatte einen Wagner-Kurs mitgemacht als wir noch „zuhause" lebten. Er reparierte sich alles selber, konnte sogar ein Joch herstellen, in das man die Kühe einspannte.

Er ging sogar bis nach Ragla, um Arbeit zu finden und kam dann abends mit einem Krüglein Milch, Mehl, Rauchfleisch heim, alles, was er so bekam.

Auch Glas für die Fenster konnte er einschneiden. Von der Marine, bei der er gedient hatte, hatte er zwei Diamanten mitgebracht als Erinnerung, weil sie so schön glitzerten. Sie waren nicht glatt sondern hatten viele Kanten und Spitzen. Mein Vater hatte es ausprobiert, das Glas auf ein flaches Brett gelegt, eine Latte darauf, dann, mit der Diamantkante mehrmals darüber gezogen bis das Glas brach und zwar so, wie der Stein die Linie gezogen hatte.

Damit hatte er auch etwas Geld verdient.

Als er die Steine nahm, hatte er nicht daran gedacht, dass er damit mal das Essen verdienen wird.

Das Leben musste weiter gehen – wir waren arm und geplagt. Von meinem Bruder Hans wussten wir gar nichts mehr, aber wir hofften, dass er am Leben sei, denn als mein Vater und Bruder Martin bei ihm in Deutschbrot waren, war er ja noch nicht an der Front.

So hofften wir stark, dass er noch lebt. Kein Tag und kein Abend verging, an dem wir nicht für ihn beteten. Der Krieg war ja nun aus, so sagte ich das Gebet, das ich von Herrn Hendel gelernt hatte, nicht mehr auf. Den einen Bruder hatten wir ja zurückbekommen, um den anderen habe ich den lieben Gott angefleht, er möge ihn beschützen, wo er auch sei und dass bald ein Lebenszeichen von ihm kommen möge. Mehr konnten wir nicht für ihn tun.

So ging der Winter vorbei, der Frühling kam ins Land und wir mussten uns immer noch als Tagelöhner durchkämpfen. Die jungen Leute zwischen 18 und 40 Jahren hatte man in die Zwangslager verschickt. Ihnen ging es wesentlich schlechter als uns.

Als man nicht mehr heizen musste, sind wir in die Hinterzimmer umgezogen. Der Rumäne sagte, bis nächsten Winter würden wir uns Holz kaufen können.

Den nächsten Winter verbrachten wir jedoch nicht mehr in unserem Haus, denn mein Bruder Martin wollte dem Bürgermeister nicht mehr umsonst dienen. Er bekam in der ganzen Zeit nichts bezahlt. Er versprach, ihm nach einem Jahr zwei Maß Körner zu geben.

Als mein Bruder Martin dann nicht mehr zu ihm ging, kam er ganz wütend zu uns und fing fürchterlich an zu schimpfen: *„Was glaubt ihr denn, wer ihr seid, ihr besiegten Hitleristen! Wir sind jetzt die Herren hier in Burghalle und wir haben zu befehlen über euch und ihr sollt wissen, ich bin euer Herrgott und ich werde euch zeigen, dass der Martin mir dienen muss."*

Mein Vater und mein Bruder waren nicht daheim, nur meine Mutter und ich. Wir standen da und ließen ihn brüllen bis er bald heiser war und sagten kein Wort. Dann ging er und schlug die Tür zu, dass es dröhnte.

Als mein Vater und Bruder nach Hause kamen, sagten wir ihnen, was der Gelli Zigan für ein Theater gemacht hat. Mein Vater sagte, er kann doch den Martin nicht zwingen, umsonst zu arbeiten.

Am selben Abend kam die Miliz, so hieß die Polizei bei uns, aus Bistritz und führte meinen Bruder in Handschellen, wie einen Verbrecher zum Bürgermeister.

Als er nach zwanzig Minuten nicht zurück war, fasste sich meine Mutter ein Herz und ging hinüber. Wir warteten vor der Haustür.

Auf einmal kam meine Mutter zurückgerannt und schrie laut: „Die Miliz schlägt unseren Martin im Keller und sie beschimpfen ihn, er hätte dem Hitler gedient!"

Dann ist mein Vater hinüber gegangen und gleich in den Keller hinunter und hat gesagt: „Was hat mein Sohn gestohlen? Warum schlagt ihr ihn?"

„Er war bei den deutschen Soldaten!" war die Antwort

„Er ist ja nicht schuld gewesen am Krieg und auch nicht daran, dass er Deutscher ist. Sonst könnt ihr uns ja alle umbringen!"

Daraufhin hörten sie mit dem Schlagen auf, aber er durfte nicht heimkommen.

Sie nahmen dann noch einen gewissen Johann Maurer (Hausnummer 60) als Gefangenen, der auch bei den deutschen Soldaten war und brachten beide noch in der Nacht ins Gefängnis nach Klausenburg.

In der Nacht haben wir nicht geschlafen. Meine Mutter weinte: „Jetzt werden sie ihn dort umbringen!"

So hatte er sich gerächt, der Gelli Zigan. Unser Gordon Ion war auch ganz böse auf ihn, er konnte ihn nicht leiden., ebenso wie die meisten Leute aus Ardan, woher er stammte. Die sagten nur: „Jetzt ist der Galan Bürgermeister geworden!"

Jetzt waren die Kommunisten die Herren und wir wurden gehasst, bis es nicht mehr ging.

Wären wir in Österreich geblieben, wie viele andere, wäre es uns nicht so schlecht ergangen. Eine Bleibe hätten wir bestimmt auch dort gefunden, aber man wollte heim.

Nun kam auch von meinem Bruder Martin kein Lebenszeichen mehr, nur das Beten blieb uns noch übrig, mehr konnten wir nicht für sie tun.

Ich ging oft abends zu Margarete, Johann Maurers Frau. Wir hatten uns ein Gebet aus dem Gesangbuch, in dem hinten die Gebete standen, ausgesucht, in dem es hieß: *„Herr, reiße sie aus der Gefahr"*. Dies sagten wir nicht nur einmal, sondern mehrmals hintereinander auf und hofften jeden Tag auf ein Schreiben, aber vergebens.

Etwas Schlimmes kam noch auf uns zu:

Es gab noch einen Kommunisten aus Dorna, einen Fanatiker, der ein Kollektiv in der Landwirtschaft bilden wollte. Er wollte die Schafherden des Mocani und das andere Vieh in ein Kollektiv aufnehmen. Die Schafherde des Ion Gordon fiel auch darunter. Eines Nachts warfen der Sohn des Ion Gordon und noch einige andere, dem Fanatiker Steine durch das Fenster in die Stube, die einigen Schaden anrichteten. So wurden auch Gläser mit Honig zerschlagen.

Er bekam es aber raus, wer es war und ist zum Gordon gekommen und hat mit ihm geschimpft, ob er seinen Sohn angestiftet hätte, dass er ihm Steine ins Haus werfen solle und er soll wissen, dass er mit Hitleristen nicht in einem Haus wohnen darf, sonst wird er rausgeschmissen.

Da sagte mein Vater zum Ion: „Bleib nur hier im Haus, wir werden ausziehen."

In Ragla

Er hatte in Ragla ein kleines leeres Häuschen gesehen und ist zum Eigentümer gegangen und hat ihn gefragt, ob wir dort wohnen dürften.

„Ja", sagte dieser, „es steht sowieso leer. Bis ich dort ein neues Haus bauen werde, werden noch ein paar Jahre vergehen."

Nun zogen wir mit unseren Habseligkeiten nach Ragla in das Häuschen ein. Es stand noch ein Tisch, daneben eine Bank mit Lehne, ein Herd aus Mauernziegeln und Herdplatten, auf dem man auch sitzen und sich im Winter wärmen konnte.

Ragla war nur fünf Kilometer von Burghalle entfernt. Von der Lage her war es ebenfalls als deutsches Dorf vorgesehen, dass Radelsberg heißen sollte.

Mehrere deutsche Dörfer sind rumänisch geworden.

Unser Häuschen bedeckte ein Schindeldach, das wahrscheinlich schon zwanzig Mal ausgebessert worden war. Hinter der Stube war noch ein kleineres Zimmer mit einem guten Backofen. Dann gab es noch einen Holzschuppen mit zwei großen Kornkästen und einer Hobelbank, die meinen Vater sehr erfreute, denn daran konnte er gut werkeln.

Ursprünglich hat das Haus einer alten Frau gehört Namens Nukoaje. Sie hatte keine Kinder und hat das Haus mitsamt dem großem Garten ihrem Neffen geschenkt, der Pfarrer in Larata war. Dieser wiederum hatte es an den jetzigen Eigentümer verkauft.

Es war ein guter Entschluss meines Vaters, nach Ragla umzuziehen. Dort ging es uns vom ersten Tage an sehr gut. Die Leute waren sehr freundlich zu uns, jeder wollte uns als Arbeiter haben und nicht umsonst, sondern für einen Tageslohn, so, wie es dort üblich war. Gutes Essen bekamen wir dabei auch immer. Mein Vater war dort schon sehr bekannt und kannte viele mit Namen. Es gab viele Reiche aber auch Arme, wie überall auf der Welt. Sie alle waren sehr böse auf die Kommunisten und wollten auch keine Kollektivwirtschaft einführen, denn sie hatten ja ihren eigenen Grund und Boden.

Sie wirtschafteten und kochten ähnlich wie die Sachsen. Gegenüber Ragla, auf der anderen Flussseite lag Waltersdorf, ein sächsisches Dorf. An dem haben sie sich ein Beispiel genommen und sind auch mit dem Sachsen gut ausgekommen, das haben sie uns erzählt.

Ich konnte nicht gut Rumänisch, denn wir hatten nur in den ersten vier Schuljahren eine Stunde Rumänisch pro Woche in der Schule gelernt, aber ich gab mir Mühe, die Sprache zu lernen.

Unser Wirt hatte sieben Kinder. Zwei Mädchen, die etwas jünger waren als ich und mit denen ich oft zusammen bei der Feldarbeit war. Von ihnen habe ich perfekt Rumänisch gelernt, das ich bis heute gut sprechen kann.

Von meinen Brüdern kam kein Lebenszeichen, dennoch sprachen wir jeden Abend von ihnen und beteten für sie.

Eines Tages waren wir bei der Feldarbeit beim Maisstängel häufeln, mein Vater, meine Mutter und ich sowie noch zwei weitere Burghallner, das Ehepaar Schatz.

Dieses lebte bei einem Schwager unseres Wirts, einem Leutnant beim Militär, der nun aber in Rente war. Für ihn haben wir an jenem Tag gearbeitet. Auf einmal sagte Frau Schatz: „Nicht hingucken, der ‚Kapitän' kommt." Wir hackten fleißig waren und sahen nicht auf. Auf einmal hörten wir hinter uns eine bekannte Stimme: „Na, seid ihr fleißig?"

Wir drehten uns um und wer stand da? Der Bruder Martin! War das eine Freude!

Die Hacke wurde hingeworfen, wir begrüßten uns unter Freudentränen. Er erzählte uns alles, was sie mit ihnen in Klausenburg im Gefängnis gemacht haben.

Sie bekamen nur einmal täglich zur Mittagszeit eine Scheibe Polenta mit etwas Kümmelwasser zu essen und sind auch misshandelt worden.

Dann sind sie mit dem Zug nach Berlin transportiert worden in ein Lager. Da sei die Versorgung auch ganz schlecht gewesen. Johann Maurer sagte dann zu Martin: „Komm, wir wagen es und fahren heim, egal was passiert."

„Nun bin ich da."

Die Zeit der Gefangennahme der jungen Männer war jedoch noch nicht vorbei. Überall schnüffelte Polizei herum. In Ragla lebten noch acht weitere Familien aus Burghalle, in Waltersdorf fünfzehn Familien aus Petersdorf, die dort Unterschlupf gefunden hatten.

Wir Jugendlichen waren insgesamt 15 Burschen und 11 Mädchen aus zwei Dörfern. Wir haben die Petersdorfer Jugendlichen kennen gelernt und haben den Sonntag miteinander verbracht. Wir haben die Spielstube, die es vor dem Krieg gab, wieder eingeführt. Dort wurde viel gesungen und Spiele gespielt. Wir fühlten uns wie verlorene Schäfchen, denn immer noch musste man aufpassen wegen der Polizei, dass diese die Jungen nicht gefangen nimmt.

Eines Sonntags, spät in der Nacht, so gegen Mitternacht klopft es an die Haustür. Mein Vater sieht raus und sagt: „Martin, schnell raus!" Er zögert mit dem Aufschließen, so dass mein Bruder schnell weg konnte. Da kamen sie herein und schrieen, warum mein Vater nicht gleich aufgemacht hätte, jetzt wäre der Sohn bestimmt schon weg gelaufen. Sie eilten durch das Zimmer auf den Hof und feuerten einen Schuss ab. Mein Mutter, in der Angst, sie hätten meinen Bruder erschossen, eilte hinterher, packte den Polizeichef an der Brust und schrie: „Erschieß mich, nicht meinen Sohn!"

Das war wieder so eine Tat, wie sie sie in Österreich vollbracht hatte, als sie ihr Pferd verteidigt hat.

Der Polizist hatte zum Glück nur in die Luft geschossen und dachte, mein Bruder würde aus Angst zu ihm kommen, aber der war längst im Heuschuppen bei unserem Wirt. Als sie weg waren, kam er herein und sagte: „Ich nehme eine Decke und gehe raus auf das Feld, dort sind genügend Heuhaufen. Ich schlafe dort."

In der Früh traf er noch zwei Kameraden, die in der Nacht auch draußen bei den Pferden auf der Weide waren. Sie dienten beide in Ragla und fragten meinen Bruder: „Na, waren sie wieder da?"

Es war schon schlimm. Man hat keinem Menschen etwas zuleide getan und wurde verfolgt wie ein Verbrecher und misshandelt.

Das war das letzte Mal, dass die Polizei aus Bistritz kam, um die deutschen Jungen gefangen zu nehmen und in die Lager zur Zwangsarbeit einzusperren.

Die Zeit verging und allmählich hörten auch die Verschleppungen auf. In Ragla sagte niemand zu uns: „Ihr seid Hitleristen!" Sie haben uns vielmehr respektiert und gesagt, die Sachsen sind brave und hochanständige Leute. Die Arbeit, die sie machten, könne sich sehen lassen.

So haben wir uns schön langsam dort eingelebt, wussten, wo jeder wohnte und kannten die richtigen Namen und auch die Spitznamen eines jeden.

Zu den Jugendlichen hatten wir ein sehr gutes Verhältnis, sie waren sehr freundlich zu uns. Wir gingen hin und wieder auch in deren Kirche. Sie waren zwar katholisch, aber wir hatten ja keinen eigenen Pfarrer und wollten schon mal gerne zum Gottesdienst.

In Waltersdorf gab es eine deutsche Kirche, sie stand leer. Die Rumänen aus Ragla gingen nicht hinüber, sie hatten eine sehr schöne Kirche und die Rumänen aus Waltersdorf gingen nach Ragla in die Kirche.

Eines Tages sagte der Bürgermeister zu uns Sachsen: „Ihr könnt in die Kirche in Waltersdorf gehen. Wir gehen da nicht hin."

Nun gut, wir konnten in die Kirche gehen, aber wir hatten ja keinen Pfarrer. Die älteren Männer gingen Sonntags zusammen in die Kirche und beschlossen, wir sollten doch auch gehen. Peter Böhm hatte ein Buch aus Bistritz vom Pfarramt bekommen, denn die Rumänen haben die große Stadtkirche der Sachsen nicht benutzt. Die Sachsen durften weiterhin dort in ihre Kirche gehen.

Das Buch, das Peter Böhm nun besaß war ein großes Gebetbuch, in dem die Gebete für die Feiertage und die normalen Sonntage aufgeschrieben waren.

Wir gingen also Sonntags in der Tracht zur Kirche, sangen nach dem Glockenläuten das Eingangslied, dann ging Herr Böhm nach vorne vor den Taufstein, las ein Gebet aus dem Gesangbuch, dann wurde das Hauptlied gesungen, danach ging er wieder vor den Taufstein und las ein Gebet aus dem Buch aus Bistritz so vor wie eine Predigt. Es folgte ein weiteres Lied und das Schlussgebet sowie das Vaterunser. Danach wurde noch ein Ausgangslied gesungen, mit dem die Andacht beendet wurde.

Es war ein unbeschreibliches Glücksgefühl, dass wir in die Kirche gehen durften. Bei mancher älteren Frau sah man Tränen in den Augen.

Ein jeder besaß noch das Gesangbuch, das man auf die Flucht mitgenommen hatte. Die Orgel war zerstört worden und nicht mehr bespielbar, aber einen Organisten hatten wir. Es war Thomas Miess aus Petersdorf, der später mein Schwiegervater werden sollte. Er hatte die Idee, die Gesänge auf einem Akkordeon zu begleiten. Ein gewisser Herr Stefan Dedian, dem die Mühle in Ragla gehörte, besaß ein Akkordeon und diesen fragte Thomas Miess, ob er es haben könnte, um die Gemeinde in der Kirche beim Singen zu begleiten. Die Bitte wurde ihm gerne gewährt und so wurde jeden Sonntag Andacht gehalten, mit oder ohne Pfarrer. Mein späterer Ehemann hat damals jeden Sonntag das Akkordeon aus der Mühle in Ragla in die Kirche nach Waltersdorf geschleppt.

So erfüllte sich das Wort in der Bibel: „Wo ihr zwei oder drei in meinem Namen versammelt seid, bin ich mitten unter Euch."

Nun hatten wir ein bisschen mehr Lebensmut bekommen, unsere Burschen wagten es auch wieder Tanzveranstaltungen zu organisieren. Wir waren ja jung und wollten uns unterhalten, trotz allem Elend und den Demütigungen, die wir in unserer Jugend mitgemacht hatten. Das Leben musste weiter gehen.

Später bekamen wir dann auch einen Pfarrer. Er hieß Berendt und war aus Minarken, stammt aber aus Petersdorf. Er erhielt das Pfarrhaus aus Burghalle zum Wohnen, musste aber in sechs Gemeinden Gottesdienste abhalten, in Burghalle, Waltersdorf, Petersdorf, Neudorf, Kuschma, Senndorf. Jeden Sonntag hatte er zwei Gemeinden zu betreuen. Er marschierte zusammen mit meinem späteren Schwiegervater von Dorf zu Dorf. Es machte ihm nichts aus, Hauptsache man konnte wieder in allen Gemeinden Gottesdienst feiern.

Ich bin 22 Jahre alt

In Waltersdorf haben sie den Sachsen auch den Pfarrgarten und den Friedhof zurückgegeben, weil die zur Kirche gehörten.

Für den Erlös des verkauften Grases und Obstes konnte man ein Harmonium für die Kirche erwerben, so brauchte man das Akkordeon nicht mehr. Hin und wieder lieh es mein Vater jedoch aus und machte uns Musik zum Tanzen, sonntags als Zeitvertreib.

Wir fühlten uns freier und waren auch stolz, Sachsen zu sein, denn die Rumänen respektierten uns immer mehr.

Die Jahre vergingen.

Endlich kam ein Lebenszeichen von meinem Bruder Hans aus Deutschland aus Jakobsdorf. Da war er im Dienst. Beinahe fünf Jahre war er in russischer Gefangenschaft. Von dort war es nicht erlaubt zu schreiben.

Nun waren beide Brüder am Leben geblieben. Ich war in dem Glauben, dass mein Gebet doch geholfen hat, das ich von Herrn Hendel gelernt hatte.

Schön langsam wurden wir reich.

Mein Vater und Bruder Martin waren nach Nasaud gegangen auf den Viehmarkt und hatten zwei Ziegen gekauft. Nun hatten wir unsere eigene Milch, Hühner ebenso und ein Schwein, das wir zu Weihnachten schlachten konnten.

Auch Schafe haben wir gekauft. Alle Tiere wurden ganz jung gekauft und selber gezüchtet, denn wir hatten Futter genug.

Wir haben die Felder für den dritten Teil bewirtschaftet. Die Kornkästen unter dem Schuppen waren voll mit Hafer, Korn und Maiskörnern.

Gemüsegärten haben wir zum selber anbauen bekommen, so, dass wir uns nun wirklich reich fühlten im Vergleich zu der Zeit als wir nach dem Krieg wieder nach Hause kamen und weder eine Kartoffel noch ein Stückchen Brot besaßen.

Mein Vater zimmerte auch einen Wagen zusammen, der Schmied setzte Reifen auf die Räder und machte alle notwendigen Arbeiten aus Eisen dafür. Später wurden auch zwei Kühe angeschafft, so dass man das Holz selber aus dem Wald holen konnte.

Uns gegenüber lebte eine Frau Salwann, deren verstorbener Mann Professor war. Sie führte die Wirtschaft alleine mit ihrer Mutter. Ihre zwei Töchter, Puiu und Nitta studierten in Bistriz. Die älteste Tochter konnte gut Deutsch. Sie besaß viele deutsche Romane und gab sie mir zum lesen. Ich musste sie zwar wieder zurückgeben, aber ich war sehr glücklich darüber. Sonntags nach dem Abendessen und manchmal auch samstags habe ich bis gegen Mitternacht gelesen im Licht der Petroleumlampe. Ich konnte nicht aufhören, bis ich die Romane fertig gelesen hatte. Manche könnte ich auch heute noch nacherzählen.

Die Leute waren in allem so freundlich zu uns. Wir haben ja auch viel bei Frau Salwann gearbeitet, wenn uns unser Wirt nicht gebraucht hat. Wenn der Wirt uns brauchte, sind wir zu ihm gegangen, denn er hat nie Miete von uns verlangt, in der Zeit, in der wir bei ihm wohnten und das waren insgesamt acht Jahre.
Ich bin auch oft in die Mühle arbeiten gegangen.
Die Frau des Müllers war die Schwägerin unseres Wirten. Mit der Schwiegermutter des Wirten wohnten wir auf dem Hof zusammen. Schon ein paar Wochen, nachdem wir nach Ragla umgezogen waren, sagte sie zu ihrer Tochter: „Ruf doch mal das Mädchen zur Arbeit, sie versteht so viel von Gartenarbeit und auch von der Feldarbeit."
So entstand eine innige Beziehung zwischen mir und der Müllerin Măriora. Sie war wie eine zweite Mutter zu mir. Wenn sie keine Arbeit für mich hatte, ging ich zu den anderen. Meistens hatte sie Arbeit genug, denn sie hatten eine Mehlmühle, eine Wollkämmerei, eine Saftpresse und einen Sägemaschine, mit der man Bretter und Latten schneiden konnte, auch Wolldecken konnte man dort waschen, außerdem hatte sie noch die Wirtschaft, Grundstücke und Vieh.
Bei ihr war auch eine ältere Frau aus Oberneudorf im Dienst, Frau Weinerich. Mit ihr habe ich gut zusammen geschafft. Sie war wie eine Oma zu mir und hat mich viele Lieder gelehrt aus alten Zeiten.
Auch sonst haben wir uns von der schweren Zeit während der Flucht viel erzählt.

Was nützt aller Reichtum, wenn man nicht zufrieden ist?
So auch bei der Müllerin. Sie hatte nur einen Sohn, der ein Sorgenkind war. Er hatte seine Saufkumpels, die immer von seiner Tasche lebten. Er trennte sich von der ersten Frau, obwohl sie einen Sohn hatten. Die Frau rächte sich, indem sie der Polizei verriet, dass er ein Gewehr besaß. Daraufhin wurde er zur Zwangsarbeit drei Jahre an den Donaukanal verpflichtet. Als er wieder nach Hause kam, fing er wieder zu trinken an und heiratete zum zweiten Mal. Er bekam einen weiteren Sohn, aber auch die zweite Frau verließ ihn.
Als der Vater noch lebte, respektierte er ihn, nach seinem Tode fing er an, alles zu verkaufen. Zuerst die Mühle, dann die Wollkämmerei, das Wirtschafts-Gebäude und alles, was zum Hof gehörte. All das hatte sein Vater neu gebaut.

Der Sohn hat alles mit seinen Saufkumpels durchgebracht. Seine Mutter musste ausziehen und zog zu ihrer Schwester.

Dies ereignete sich viele Jahre später, als wir bereits nicht mehr in Ragla lebten. Es tat mir sehr leid, denn es hat viele Mühe und Arbeit gekostet alles aufzubauen und ein Vermögen anzuschaffen und in kurzer Zeit war all das verprasst von einem, der auf die schiefe Bahn geraten ist.

Wir haben auch alles verloren, ohne es zu versaufen, nur durch den Krieg. Nun waren wir schon glücklich über das wenige, das wir uns angeschafft hatten und auch glücklich, dass meine Brüder am Leben geblieben sind.

Von meinem Bruder Johann kamen nun regelmäßig Briefe, in denen er berichtete, was er in Russland erlebt hatte. Er durfte ja nicht schreiben. Es war sein Glück, dass man ihn nach Ostdeutschland entlassen hatte, denn sonst wäre es ihm wahrscheinlich ebenso schlecht ergangen wie seinen Kameraden Thomas Brandschert und Johann Tinnes aus Petersdorf.

Die beiden waren zusammen mit ihm in Gefangenschaft, man hat sie nach Rumänien entlassen und dort haben sie noch viel Schreckliches erlebt, bis man mit der Verschleppung aufgehört hat.

Mein Bruder war ja zwar Dienstknecht bei einem Bauern, aber das war nicht so schlecht wie im Arbeitslager oder in Russland zu sein.

Ein Jahr nach dem anderen verging.

Mein Stiefbruder Georg, der behindert war, verstarb. Der arme Bruder hat alles mitgemacht, die Flucht nach Österreich, dann wieder nach Hause. Er hat nie geklagt. Auch in schweren Zeiten hat mein Vater ihn nie benachteiligt.

Als er noch von Burghalle nach Ragla für unser Essen arbeiten ging und damit nach Hause kam, sagte er immer „Dem Georg macht auch eine Portion."

Jeder Mensch muss sein Schicksal tragen, wie Gott es ihm auferlegt.

Wir haben viel leiden müssen nach dem Krieg, aber mit Gottes Hilfe haben wir es geschafft und es gab viele freundliche Menschen in Ragla, die uns geholfen haben.

In Ragla hatten wir uns, wie ich bereits erzählte, Schafe angeschafft. Im Frühjahr brachte man sie zur Schafherde. Dort blieben sie den ganzen Sommer über, die Schafhirten betreuten sie die ganze Zeit. Diese hatten eine Sennhütte auf der Weide aufgebaut, wo sie den Käse machten. Die Schafe wurden gemolken. Am Anfang hat jeder Schafbesitzer seine Schafe gemolken, die

Milch wurde vor Zeugen abgewogen und dem Ertrag nach bekam man den Käse. Wer viel Milch hatte, bekam auch viel Käse.

Als wir an der Reihe waren, den Käse zu bekommen von der Sennhütte, schickte mich meine Mutter mit dem Essen zu den Schafhirten. Als ich in der Nähe der Sennhütte war, jedoch noch ein ziemliches Stück entfernt, haben mich die Hirtenhunde erblickt und kamen mit lauten Gebell auf mich zugerast, als ob sie mich auffressen wollten. Da kam mir blitzschnell der Gedanke, ihnen etwas zum Fressen zu geben. Ich stellte den Korb auf die Erde, nahm schnell die Gabel und holte ein Stückchen Polenta mit Käse raus. Der erste, der ankam, bekam ein Krümmelchen ab. Auf einmal verstummte das Bellen und er wedelte mit dem Schwanz und sah mich freundlich an. Als die anderen vier Hunde das sahen, hörten sie auch mit dem Zähnefletschen auf und wedelten mit dem Schwanz. Ich gab mal dem einen ein kleines Stückchen, mal dem anderen eins, so, dass alle zufrieden waren.

Das dicke Ende kam noch.

Etwa einen halben Kilometer weiter war eine weitere Sennhütte mit einer anderen Herde. Als die Hunde von dieser Sennhütte uns gewittert haben, kamen sie auch mit lautem Gebell heran. Das wurde dann ein Kampf! Meine „Freunde" gingen auf sie los, wollten nicht mit ihnen Teilen. Sie haben sich erbittert bekämpft, gebissen, bis das Blut floss und ich war mittendrin. Ich glaube, mein Blutdruck stieg auf über 200 in der Zeit!

Die Schafhirten kamen in aller Eile angelaufen, aber sie waren nicht so schnell wie die Hunde. Sie haben sie dann auseinander getrieben mit ihren Stöcken.

Ich hatte so eine panische Angst wie in meinem ganzes Leben nicht.

Es war noch mal gut gegangen. Noch heute sehe ich die Situation vor mir.

Meine Brüder heiraten

Die Zeit eilte weiter. Das Jahr 1951 brach an, in dem es nun auch erfreuliche Ereignisse in der Familie gab.

In diesem Jahr heirateten mein Brüder. Mein Bruder Johann heiratete im März ein Mädchen Namens Edith Dormann. Sie wohnte mit ihren Eltern in Diensdorf, stammte aber aus Schlesien. Sie waren auch aus ihrer Heimat vertrieben worden und hatten ein Haus zum Wohnen bekommen, dessen

Besitzer nach Westen geflohen waren. So haben die beiden auch „vom Löffel",
also mit nichts angefangen.

Hochzeit 1951 in Diensdorf - Bruder Johann mit Braut Edith

Sie waren beide fleißig und sparsam. Sie bekamen einen Sohn, Helmut, und
eine Tochter, Rosemarie.
Mein Bruder arbeitete dreißig Jahre lang in einer Gummifabrik, meine
Schwägerin blieb daheim und betreute die Kinder und danach die alten Eltern.
Nach einiger Zeit kauften sie sich ein Zweifamilienhaus in Markgrafpieske mit
einem großen Garten.
Weil der Boden sandig war, bauten sie ein ganzes Spargelfeld an. In DDR-
Zeiten hat meine Schwägerin schönes Geld damit verdient. Sie zog auch jedes
Jahr zwei Bullen groß und lieferte sie an den Staat ab, damit verdiente sie auch

etwas. „Wenn's nicht fließt, dann tröpfelt's" heißt ein Sprichwort und wer sparsam ist, der kann sich was anschaffen.

Hochzeit 1951 in Burghalle
Bruder Martin mit Braut Maria

Mein Bruder Martin heiratete im schönen Monat Mai 1951 ein Mädchen aus unserem Dorf, Maria Hesch. Der liebe Gott segnete sie mit drei Kindern. Zuerst kam Tochter Maria, dann der Sohn Martin und ein zweiter Sohn Johann. Mit der Zeit wurden die Häuser und Gärten den Sachsen in Siebenbürgen zurückgegeben, aber sonst nichts.

Mein Bruder und dessen Frau sind zuerst in unser Haus eingezogen, haben jedoch noch eine Weile mit dem Rumänen zusammen wohnen müssen, bis er sein eigenes Haus fertig hatte. Dann sind meine Eltern und ich auch nachgezogen aus Ragla. Es gab auch Tränen. Obwohl wir nicht weit wegzogen.

In den acht Jahren hatte man sich aneinander gewöhnt, aber wir waren froh, wieder in unserem Dörflein Burghalle wohnen zu dürfen.

Ich heirate Thomas Miess

Unsere Hochzeit 1956

Im Jahr 1956 heiratete ich einen Burschen aus Petersdorf Namens Thomas Miess. Er wohnte noch in Waltersdorf.

Ich wurde dann mit dem Hochzeitswagen von Burghalle nach Waltersdorf gefahren. Wir wurden von Pfarrer Berendt in der Waltersdorfer Kirche getraut. Mein Mann und dessen Familie wohnten in einem sächsischen Haus, deren Besitzer in Österreich geblieben waren. Wir wohnten dann alle zusammen in einem großes gemauerten Haus, das einst dem „reichen Samuel" gehörte.

Es vergingen keine drei Monate nach der Hochzeit, da mussten wir raus aus dem Samuelhaus. Es kamen ein paar Herren aus Bistritz und beschlagnahmten es für die TAST, so etwas wie die Genossenschaft. Wir mussten raus.

Der Großvater mütterlicherseits meines Ehemannes wohnte bei einer gewissen Frau Timesen.

Er sagte: „Kommt zu uns bis auf weiteres, denn jetzt soll man ja bald die Häuser zurückbekommen."

Meine Schwiegereltern sind dann auch in ihr Haus nach Petersdorf umgezogen, mein Mann und ich blieben vorläufig noch bei den Großeltern in Waltersdorf. In Petersdorf waren die Rumänen ja auch noch im Haus, so lange, bis ihr Haus fertig gebaut war. Auch im Stall war kein Platz für weitere Tiere. Mein Mann hatte auch schon zwei Kühe, Schafe, Ziegen, Hühner und ein Schwein angeschafft, die waren alle bei Frau Timesen untergebracht, dort war Platz. Der Großvater hatte auch eine Kuh, Hühner und ein Schwein. So wirtschafteten wir den ganzen Sommer über.

In Waltersdorf haben wir von einem Rumänen Namens Roschka einen großen Weingarten um den dritten Teil bearbeitet, ebenso Heufelder, denn wir brauchten ja Heu für unser Vieh.

Ich erinnere mich noch an ein lustiges Erlebnis:

Eine Henne wollte in den Gemüsegarten rüberfliegen und blieb dabei mit dem Kropf an einem Weidenreisig hängen. Ich lief schnell und befreite sie aus der verzwickten Lage, aber in ihren Kropf war ein Loch eingerissen und die Körner fielen raus.

Was sollten wir nun tun?

Die Oma und Frau Timesen sagten, man solle sie schlachten.

Ich sagte jedoch: „Wir operieren sie."

Gesagt, getan.

Wir haben der Henne den Kropf sauber gewaschen, einen weißen Lappen mit Schnaps getränkt und desinfiziert, ebenso die Nadel und weißen Faden. Dann wurde genäht. Die Oma hat die Henne festgehalten und ich habe genäht. Zuerst den Kropf und dann die Oberhaut. Wir haben die Henne in eine Kammer alleine eingesperrt über Nacht. Am anderen Morgen war sie putzmunter und fing an zu singen. Wir haben sie wieder zu den anderen Hennen gelassen, sie war hungrig und hat gleich mitgefuttert und Wasser getrunken.

Den ganzen Sommer über hat sie Eier gelegt.

Wir haben noch oft über die Operation lachen müssen.

Es war so lustig mit den Großeltern und Frau Timesen zusammen zu schaffen.

Der Großvater kannte viele Witze und auch mit der Oma hat er seine Späße gemacht. Wir haben uns sehr amüsiert.

In Petersdorf

Im Herbst ist dann der Rumäne ausgezogen und ich bin dann mit meinem Mann zu den Schwiegereltern nach Petersdorf umgezogen. Es waren schon viele Petersdorfer wieder in ihre alten Häuser eingezogen.

Schön langsam bekamen die Deutschen auch wieder mehr Rechte.

Die sächsischen Gottesdienste wurden abwechselnd mit den rumänischen in der Petersdorfer Kirche abgehalten. An einem Sonntag war der sächsische Gottesdienst, am nächsten der rumänische. Weil jedoch in Oberneudorf, das nahe bei Petersdorf lag, auch sonntags Gottesdienst war, konnten wir jeden Sonntag zum Gottesdienst gehen.

Mein Schwiegervater wurde als Organist eingestellt, ebenso Johann Kaunz aus Petersdorf. Es wurden auch wieder Kirchenväter und Kurator gewählt.

Im Jahr 1957 erhielten wir einen neuen Pfarrer, Herrn Michael Schuller. Er war noch jung und stammte aus Südsiebenbürgen aus der Nähe von Hermannstadt. Er war achtzehn Jahre lang für die Gemeinden Petersdorf, Neudorf, Kuschma, Burghalle, Waltersdorf, Senndorf zuständig. Die Organisten und der Pfarrer sind jedoch nicht mehr, wie früher, zu Fuß von einem Ort zum anderen gegangen, sie fuhren nun mit dem Pferdewagen von Majedon Ion, der dafür von der Kirche bezahlt wurde.

Die Petersdorfer Kirche

Später hat dann der Pfarrer einen VW-Käfer aus Deutschland mitgebracht, so fuhren sie dann mit dem Auto von einem Dorf zum anderen. So wurde die Lage immer besser.

Die Petersdorfer und Neudorfer Blasmusik

Man feierte auch die alten Sitten und Bräuche wieder. Es wurde auch eine Blasmusik gegründet. Diesmal mit Neudorf zusammen. Vor dem Krieg hatten beide Dörfer, Petersdorf und Neudorf ihre eigene Kappelle, aber nun war man froh, dass aus beiden Dörfer genügend Musikanten zusammenkamen.

Als wir im Herbst 1956 von Waltersdorf nach Petersdorf umzogen, war die Musikkapelle schon gegründet.

Ein gewisser Herr Ambach hatte die Musikinstrumente, die die Sachsen bei der Flucht zurückgelassen hatten, wieder zurückgegeben. Jung und Alt haben sich danach bemüht, wieder in einer Musikkappelle mitspielen zu können.

So wurde die musikalische Tradition wieder fortgesetzt.

Die Blasmusikkapelle

An Weihnachten wurde ein Konzert gespielt, der Aschermittwoch und der 1. Mai wurden groß gefeiert, im Sommer gab es etliche Platzkonzerte vor der Schule und dem Gemeindehaus, jeweils am Sonntag. Die älteren Leute, die nicht bis dorthin gehen konnten, setzten sich auf die Bank vor ihrem Haus und lauschten von dort aus der Musik. Die Musikkappelle spielte auch zu Hochzeiten und Beerdigungen.

Heute gibt es leider keine Musikkappelle mehr.

Faschingsbrauch der Musikkappelle

Faschingsbrauch - Die Ochsen an der Pflugschar

Faschingsbrauch - Mit dem Gritschi und Pitr auf der Pflugschar

Faschingsbrauch - die Blasmusik

Fasching - Eiersammelndes Pärchen

Zu Ehren der Blasmusik habe ich viele Jahre später ein Gedicht geschrieben.

Erinnerungen an die Neudorfer und Petersdorfer Blasmusik

Die Blasmusik, die hat ein jeder gern.
Kaum hört man sie, eilt man herbei von nah und fern.
Sie blasen ja mit sehr viel Schwung,
das macht die alten Herzen wieder jung.
So war es einmal vor vierzig Jahren,
als wir in der alten Heimat noch waren.
Wie in Petersdorf und Neudorf es jeder kennt,
hat die beiden Dörfer eine kleine Brücke getrennt.
Vor dem Krieg hatte jedes Dorf seine eig'ne Kapelle,
doch dann musste man weg von der heimischen Schwelle,
denn nach dem Krieg, das ist so gescheh'n,
konnte nur die Hälfte die Heimat wieder seh'n.
Aber die Jungen lernten ganz unverdrossen
und die Musikanten beider Dörfer haben sich zu einer Kapelle zusammengeschlossen.
Alle Leute fanden das sehr schön,
der Dirigent war nämlich Herr Georg Böhm.
Einmal in der Woche war Probe
und alle bemühten sich, damit man sie auch lobe.

Das ganze Jahr hindurch war ja Programm,
mit dem Aschermittwoch fing es an.
Im Hof beim Dirigenten haben sie sich früh eingefunden
und freuten sich schon über die vielen schönen Stunden.
Eine Pflugschar stand da schon schön geschmückt,
darauf drehten sich die Gritchi mit dem Pitr – das war ein Glück.
Davor waren viele Ochsen mit bunten Bändern gespannt,
so sind sie durch die Dörfer gerannt.
Der Treiber hat dann mit der Peitsche geknallt,
dass es nur so durch die Dörfer hat geschallt.
Ein Sämann war auch dabei, ihr lieben Leute,
der hatte einen großen Sack mit Spreu an seiner Seite.
Und wenn ein Fenster am Haus dann offen stand,
ist er mit großer Freude dorthin gerannt.
Und ohne sich viel zu besinnen,
warf er eine große Hand voll Spreu nach innen.

Ein Läufer war auch dabei,
der schmierte die Kinder mit Schuhcreme ein – eins, zwei, drei.
Ein Pärchen mit Körben, denen konnte man trauen,
die haben Eier und Speck gesammelt von den Hausfrauen.
Manchmal sind sie auf hohe Treppen raufgekrochen
und haben die schönen Eier zerbrochen.

Doch das machte ihnen gar nichts aus,
sie bekamen wieder frische Eier im nächsten Haus.
Um den Mann an der Pflugschar musste man bangen,
der hat bei jedem Haus den Pflug an die Treppe angehangen.
Dann kam der Hauswirt heraus voller Freud:
„Lasst die Treppe steh'n, ich zahle auch gut, Ihr lieben Leut'."
So ging es rum, den ganzen Tag,
das war für die Blasmusik eine große Plag'.
Am Abend wurden sie dafür dann belohnt,
mit dem Essen und Trinken wurde keiner verschont.
Die Frauen haben in großen Pfannen Rührei gemacht,
dann wurde gefeiert die ganze Nacht.

Doch kaum war Aschermittwoch vorbei,
kam schon heran der erste Mai.
Schon Früh um vier waren sie auf Bergeshöh'n,
jeder hatte den Hut geschmückt mit Mailaub schön.
Dann haben sie übers Dorf runter geblasen,
so, dass aus den Sträuchern erwachten die Hasen.
War dann da oben eingeblasen der erste Mai,
gingen sie zuerst beim Gemeindehaus vorbei
und wie das so war beim alten Brauch,
machten sie dort ein Ständchen auch.
Das war man so schon gewohnt,
sie wurden dann vom Bürgermeister belohnt.
Dann ging es weiter, das war ja klar,
zu jedem Haus, das bei der Blasmusik war.
Auch der Pfarrer wurde nicht geschont,
das hatte sich dann mal wieder gelohnt.
Alle, die ein Amt haben besessen,
wurden von der Blasmusik nicht vergessen.
Aber ihre Frauen waren auch ganz fleißig,
die haben gekocht für mehr als zwei mal dreißig.
Große Töpfe mit Krautwickel wurden gemacht,
zu Mittag wurde gegessen, dass ihnen das Herz lacht.
Auch Striezel und Hanklich wurde serviert,
den guten Wein haben sie ausprobiert.
Alles haben sie genossen mit Wonne,
dann ging es wieder hinaus in die Sonne.
So haben sie dann weiter gemacht,
bis endlich dann kam die Nacht.
Dann wurde es richtig schön,
wenn man zum Abendessen durfte geh'n.
Zwei Fässer Bier standen schon bereit,

das Geld hierfür hatte man verdient in der Aschermittwochszeit.
Es wurde gegessen, getanzt und gelacht,
So ging es dann weiter die ganze Nacht.
Aber schon kurz nach Mitternacht wurden sie traurig so sehr,
denn die Bierfässer waren schon bald leer.
Die Männer klagten und hockten rings um die Fässer,
davon wurde die Lage aber auch nicht besser.
Die Frauen waren hingegen ganz beglückt,
denn das Bier kam nicht mehr in die Fässer zurück.
Sie sagten zum Trost: „Lasst es nur gut sein,
ihr habt ja noch genügend Schnaps und Wein“.
Das machte manchen wieder munter,
sie tanzten auf den Tischen rauf und runter.
Doch alles geht einmal zu Ende,
beim Nachhausegeh'n reichte man sich die Hände
und sagte sich auf Wiederseh'n,
der erste Mai ist immer schön.

Die Blasmusik war auf alles vorbereitet,
so manche Brautpaare haben sie zur Kirche geleitet.
Das konnte auch nur zu Gutem führen,
dafür bekamen sie schließlich schöne Gebühren.
Dann gingen sie in ihre Probezimmer wieder,
tranken den Wein und sangen schöne Lieder.
Doch manchmal kamen auch traurige Stunden,
das ist halt alles mit dem Leben verbunden.
Auch darauf war die Kapelle vorbereitet
Und hat so manchen zum Grabe begleitet.
Das alles machten sie mit Müh' und Fleiß,
nicht nur im eigenen Dorf, sondern im ganzen Bistritzer Kreis.

Dann kam heran die Weihnachtszeit
und man machte sich für das Weihnachtskonzert bereit.
Das war wieder mit vielen Proben verbunden,
so mancher hat danach nur schwer den Heimweg gefunden.
Doch war die Weihnachtszeit dann da,
ging man in den Gemeindesaal mit Hurra.
Sie freuten sich alle darüber ganz toll,
denn der Gemeindesaal war bis auf den letzten Platz voll.
Oben auf der Bühne ging jeder Musikant auf seinen Platz
Und schon begann das Konzert mit dem ersten Satz.
Ein jeder auf den Dirigenten blickte
und fleißig in die Noten spickte.
Wenn man sie so sah in den Trachtenhemden, die Sachsen,

ist einem wirklich das Herz noch gewachsen.
Im Saal war es mucksmäuschenstill,
ein jeder die Kappelle auch richtig hören will.
Der Dirigent hatte es schwer, das konnte man seh'n,
er musste die ganze Zeit vor der Kappelle steh'n.
Er horchte genau auf jeden Ton,
wenn alles gut gelang, war es sein schönster Lohn.
War das Konzert dann erst mal aus,
ging man noch lange nicht nach Haus'.
Es wurde getanzt die ganze Nacht,
bis in der Früh die Sonne zum Fenster rein lacht.
Dann dachte man erst ans Nachhausegeh'n
und sagte sich fröhlich „Auf Wiederseh'n".
Die Musik, die hat es uns angetan –
am Aschermittwoch fangen wir wieder von vorne an!

(Maria Miess)

Spass bei der Arbeit

Die staatliche Firma Micurin wurde gegründet. Hierher ging die Bevölkerung arbeiten, um Geld zu verdienen. Es war zwar herzlich wenig, das man verdiente. Für einen Tageslohn konnte man entweder 3kg Zucker oder 3 Laib Brot erwerben, aber wenn man jeden Tag arbeiten ging, kam doch ein gewisser Betrag zustande im Monat.

Wir mussten ja zum Glück keine Miete bezahlen. Die Grundnahrungsmittel Milch, Butter, Eier, Käse mussten wir ebenfalls nicht kaufen, aber den Mais, den Weizen und das Futter für unser Vieh.

Wir sparten auch Geld an, um das Haus renovieren zu können, denn alles war in den Jahren unserer Abwesenheit ziemlich verwahrlost.

So waren wir, auch mit unserem geringen Verdienst, sehr zufrieden. Wir wohnten wieder im eigenen Haus und konnten auch unsere Weinberge wieder bewirtschaften.

Diese waren zwar ebenfalls an die Micurin abgetreten, ebenso wie die Weinberge aus Neudorf, Senndorf und Deutsch Budak, wir gingen jedoch alle vier aus unserer Familie in die Weinberge zur Arbeit.

Die Weinberge waren einem deutschen Chef unterstellt, Georg Fleischer aus Neudorf, der ein sehr guter Mann war und wunderbar mit den Leuten umgehen konnte. Es wurde weder geschimpft noch wurden Befehle erteilt, so verrichtete jeder seine Arbeit gerne.

Bei dieser Tätigkeit in den Weinbergen waren nur Sachsen zugegen, die anderen Nationen verstanden nicht viel davon.

Unser Chef hatte Freude daran, Wetten zu schließen.

Eines Tages sagte er zu den Männern:

„Wer es schafft, Rosina Grumm, die Frau von Michael Grumm von der unteren Hecke bis an die obere Hecke auf dem Berg zu tragen, erhält zwei Eimer Wein."

Keiner der Männer traute sich, denn Rosina Grumm war ziemlich schwer und wog so an die 80kg.

So sagte Herr Fleischer zu meinem Mann: „Thomas, wie wär's, probier's doch aus. Wenn du's nicht schaffst, musst du ja dennoch nichts zahlen."

Mein Mann sagte: „Ich probier's mal, ich habe ja nichts zu verlieren."

Gesagt. Getan.

In der Mitte des Weinbergs war ein Häuschen, da durfte er Rosina Grumm mal 5 Minuten absetzen, dann ging es weiter nach oben. Der Weinberg lag an einem Berg, auf den den ganzen Tag die Sonne schien.

Zwei Zeugen begleiteten meinen Mann, Georg Fleischer, der Sohn des Chefs und Michael Poschner aus Neudorf. Sie sollten sehen, ob alles seine Richtigkeit hat. Sie zogen auch manche Reben beiseite und machten ihm den Weg frei, damit er nicht stolperte.

Der Wettkampf wurde gewonnen und unser Chef brachte 3 Eimer Wein in den Weinberg und alle feierten damit den Sieg. Es wurde lustig und es wurde auch viel gesungen und zur Belohnung war sogar früher Feierabend.

Einmal fiel ihm bei einer Weinpresse eine weitere Wette ein, aber es waren nur ein paar Männer dort anwesend.

Mein Mann und Johann Böhm sollten bis nach Kuschma in drei Stunden laufen und von dort eine Unterschrift des Kurators besorgen. Das Dorf Kuschma war etwa 7km entfernt und es ging auch etwas bergauf. Außerdem war es nass, weil es regnete.

Auch diese Wette wurde gewonnen und es wurde ein langer Abend, an dem die Männer feierten.

So gab es trotz der schweren Arbeit manche schönen Stunden, an die man gerne zurückdenkt.

Sommerurlaub gab es keinen, denn im Sommer war die meiste Arbeit zu bewältigen. Wir waren froh, dass wir Arbeit hatten und arbeiteten auch samstags und manchmal bis in die Nacht hinein.

Wir waren froh, wenn es Sonntag war und wir mal länger schlafen konnten, denn der Gottesdienst begann erst um zehn Uhr.

Nach einiger Zeit heiratete auch unser Pfarrer Schuller und wurde nach und nach mit drei Kindern gesegnet, einem Sohn und zwei Töchtern. Er hatte eine liebe Frau gefunden, die mit ihm einen Kirchenchor gründete. Geprobt wurde im Amtszimmer. Frau Pfarrer sang auch mit und schrieb die Notenblätter von Hand ab, denn es gab noch kein Kopiergerät.

Pfarrer Schuller organisierte auch eine Busreise nach Schäßburg, Hermannstadt, Kloster Agapia. Es war sehr schön.

Er setzte sich sehr für die Gemeinde und die Kirche ein.

Die Lehrer der Schule wollten ihm verbieten, Religionsunterricht zu halten, weil es die Kinder in der Schule vom Lernen abhalten würde. Aber da hatten sich die Lehrer gewaltig geirrt.

Er reiste bis in die Hauptstadt Bukarest und holte sich dort die Genehmigung, weiterhin Religionsunterricht abhalten zu können.

Der elektrische Strom kam in unser Dorf und in die Kirche wurden elektrische Leitungen gelegt. Es gab nun auch hier elektrisches Licht.

Der Kirchturm wurde neu gedeckt, die Fassade der Kirche, des Turmes und des Pfarrhausees neu gestrichen und Geschirr für Hochzeiten, Taufen und Beerdigungen angeschafft.

Neben der Kirchensteuer spendeten die Leute von dem wenigen, das sie besaßen, für die Kirche, um all dies zu ermöglichen, denn die Kirche war unser Ein und Alles auf dem Dorf und alle waren überglücklich, einen Pfarrer zu haben und in die Kirche gehen zu könne und die alten Sitten und Bräuche wieder einzuführen.

Die Rumänen staunten sehr über unsere Bemühungen.

Wir bekamen immer mehr Rechte und durften auch wieder wählen gehen. Es gab jedoch keine große Wahlfreiheit. Die Kandidaten waren vorgegeben und wir mussten sie nur durch den Einwurf unseres Wahlscheins bestätigen. Darauf war der betreffende Namen bereits angekreuzt und der Wahlzettel vorab zusammengefaltet. Wir mussten ihn nur nochmals falten und in die Wahlurne werfen.

Es war eine Volksverdummung!

Uns war es gleich, Hauptsache, wir hatten Arbeit bei dem staatlichen Unternehmen auf unserem Grund und Boden. Dieser war im Kollektiv zusammengefasst, entsprechend der Kolchosen in Russland. Für die Arbeit im Kollektiv bekam man kein Geld sondern nur den landwirtschaftlichen Ertrag nach einer Punkteskala zugeteilt.

Mein Bruder Martin und seine Frau sind gleich nach dem Umzug von Ragla nach Burghalle ins Kollektiv eingetreten. Da mein Bruder die Felder gut kannte, wurde er als Brigadier gewählt. Er musste täglich die Fläche ausmessen, die eine Familie am Tag bearbeitet hatte und die Punkte in einer Liste notieren. Dies dauerte bis spät in die Nacht hinein und erinnerte mich immer an Dornfeld, wo wir für die Frau Nechwatal die Punkte abends auf eine Tabelle aufkleben mussten, die wir tagsüber eingesammelt haben.

Im Kollektiv erhielt jeder auch ein Stückchen Land, das er für sich anbauen konnte.

Ein jeder musste sehen, wie er sein tägliches Brot verdienen konnte

Erster Besuch von Bruder Hans nach dem Krieg

1957 kam mein Bruder Hans zum ersten Mal mit seiner Familie in sein kleines Heimatdörfle auf Besuch. Damals war erst Sohn Helmut geboren.

Das war eine Freude für uns alle, aber am meisten für unsere Eltern, dass sie ihren Sohn nach dreizehn Jahren wieder in die Arme schließen konnten.

Aus der Ostzone, in der Hans damals lebte, konnte man auch verreisen, obwohl das Geld knapp war.

Meine Schwägerin hatte anfangs Mitleid mit ihrem Mann und spürte, dass er Sehnsucht nach seinen Eltern, Geschwistern und dem Heimatdorf hatte. So blieb es nicht bei dem einen Besuch, es wurden acht daraus.

Sie kamen jedoch nicht im Winter, denn in der Karpatengegend ist es sehr kalt. Wir lebten nahe an den Gebirgen und hatten eine wunderbare Luft.

Zwei Onkel meines Mannes sind nach dem Krieg in Österreich geblieben und kamen auch hin und wieder auf Besuch. Es waren die Brüder der Schwiegermutter.

Der Älteste, Martin Schatz war Kriegs-Invalide und ist zu seiner Familie nach Traun bei Linz gezogen, wo die Waltersdorfer nun lebten. Der Jüngere, Johann

Schatz ist in der Salzburger Gegend in Elixhausen geblieben und hat dort geheiratet und eine Familie gegründet.

Beide besitzen heute schöne Häuser.

Mein Schwiegervater hatte ebenfalls drei Geschwister, die Schwestern Maria und Rosina und einen Bruder Georg.

Alle sind nach dem Krieg wieder nach Rumänien zurück gekehrt, aber Georg und Rosina sind nicht nach Petersdorf gekommen, sondern blieben in den rumänischen Dörfern, denen sie zugeteilt wurden. Sie bezogen dann eine Wohnung in Bistritz. In der Zeit sind viele Dörfler nach Bistritz gezogen, weil sie der Meinung waren, dort bessere Verdienstmöglichkeiten zu haben. Sie fanden Arbeit beim staatlichen Fruchtexport, „Aprosar".

1965 starb mein Vater ganz plötzlich. Das war der erste Schmerz in meinem Leben, der mit dem Verlust eines lieben Menschen zusammenhing, der so viel für mich getan hatte.

Als Kind hatte ich immer die Vorstellung, wenn meine Eltern mal sterben, auch nicht mehr weiterleben zu können. Aber dem war nicht so. „Der Mensch denkt und Gott lenkt". Ich habe immer fest an Gott geglaubt und tue es heute noch. Ich bin der festen Überzeugung, dass es einen Gott gibt und eine höhere Gewalt über alle Menschen wacht.

Heutzutage können zwar die Menschen das Weltall bezwingen, aber keiner weiß, was der nächste Tag bringen wird und wann die letzte Stunde geschlagen hat.

„In Gottes Hand gegeben, ist Tag und Nacht mein Leben."

Diesen Spruch habe ich in der Schule im Handarbeitsunterricht auf Leinwand gestickt und besitze ihn heute noch. Er liegt allerdings im Schrank zusammen mit anderen Stickereien, weil es heute nicht mehr in Mode ist, Stickereien an die Wände zu hängen.

Unsere Tochter Rosemarie wird geboren

Nach der traurigen Zeit, als mein Vater gestorben ist, kam ein freudiges Ereignis in unser Haus. Unser langersehnter Wunsch ging in Erfüllung. Der liebe Gott schenkte uns ein Töchterchen, unsere Rosemarie.

Das war eine große Freude! Alle Nachbarn und Verwandten freuten sich mit uns.

Pfarrer Schuller wiederholte bei der Taufe immer wieder die auserlesenen Worte. „Heute ist diesem Hause Heil widerfahren". Wir bemerkten das erst gar nicht, aber die Nachbarn wiesen uns darauf hin.

Am Sonntag Abend kamen die älteren Leute der Nachbarschaft zusammen und setzten sich auf ihre Bänke vor dem Haus. Dabei wurde natürlich viel getratscht, auch über die sonntägliche Predigt.

So drangen dann die Worte des Pfarrers auf Umwegen zu uns vor.

Mein Mann fand eine Anstellung in der Obstplantage. Der Vorgesetzte war Martin Miess, ein entfernter Verwandter. Seine Frau war die zweite Cousine meines Mannes.

Er behandelte seine Leute sehr gut.

Am besten war die Arbeit im Schuppen beim Äpfel verpacken. Da konnte man nebenher schön plaudern. Bei einer Kiste standen sich immer zwei Frauen gegenüber und sortierten das Obst. Man schaffte mit den Händen und auch das Mundwerk schaffte fleißig mit. Es wurde gesungen, Witze erzählt, hin und wieder eine kleine Feier veranstaltet.

In den sechziger Jahren fing die Familienzusammenführung an.

Unser Großvater Martin Schatz wanderte mit seiner Frau nach Österreich aus, zu seinem jüngeren Sohn Johann, der in Salzburg-Elixhausen lebte.

Die Schwester meines Schwiegervaters, Rosina, wanderte mit ihrem Mann und den zwei Töchtern nach Deutschland aus. Der Ehemann der ältesten Tochter ist nach dem Krieg hier geblieben und lebte in Sachsenheim. Er hat für sie gebürgt.

Es gab viele Männer, die nach dem Krieg nicht mehr zurück konnten, weil Rumänien die Grenzen geschlossen hielt. So wanderten viele zu den Verwandten aus. So wurden wir auf den Dörfern immer weniger, nicht nur in Petersdorf.

Wir dachten noch nicht an die Ausreise, hatten das Haus und den Stall renoviert, hielten Milchkühe, Hühner, Schafe, Schweine um schlachten. Wenn wir auch beschieden lebten, so waren wir doch zufrieden, verglichen mit der Zeit unmittelbar nach dem Krieg.

Unser Pfarrer Schuller war inzwischen zum Dekan ernannt worden und wurde vom ganzen Dorf sehr verehrt, nicht nur von den Sachsen sondern auch von den Rumänen. Er gab sich Mühe, seine „Schäfchen" zusammen zu halten, aber da es erlaubt war, auszureisen, stellten immer mehr Familien den Antrag für die Ausreise. Oft wurde der Antrag vier bis fünfmal abgelehnt und musste unter Einhaltung aller Formalitäten neu gestellt werden, bis man die Erlaubnis zur Ausreise erhielt. Es war auch eine teure Angelegenheit, denn jedes Mal waren mindestens 1.000 Lei fällig, das war ein ganzes Monatsgehalt. So verdiente der Staat auch gut dabei.

Überhaupt wollte uns der Staat nicht so gerne weglassen, die Sachsen waren gute Arbeitskräfte und brachten in den Unternehmen gute Erträge. Nun waren wir nicht mehr die verachteten „Hitleristen" sondern die „braven Sachsen". Es wurde von der Regierung verboten, uns als „Hitleristen" zu beschimpfen und wir bekamen immer mehr Rechte eingeräumt.

Dennoch gab es kein Halten mehr.

Anfang der 70er Jahre stellten auch wir den Antrag zur Ausreise. Die Schwester meines Schwiegervaters wohnte ja bereits in Sachsenheim. Sie hatte für uns gebürgt.

Es waren schon viele weg aus Petersdorf, Neudorf und den anderen Gemeinden. Jetzt wollte niemand mehr zurück bleiben.

Wie üblich, bekamen wir auch erstmals immer wieder Absagen, aber dann endlich im Jahr 1972 bekamen meine Schwiegereltern die Ausreiseerlaubnis.

Meine Schwiegereltern reisen aus

Mein Mann, meine Tochter und ich sowie meine Mutter erhielten die Absage.

Meine Schwiegereltern gingen gleich zu den Behörden nach Bistritz, um sich zu beschweren, dass man die Kinder nicht mit ausreisen lässt. Diese sagten jedoch: „Wenn ihr nicht weg wollt und lieber hier mit den Kindern bleiben wollt, so könnt ihr bleiben, aber wenn die Kinder dann ausreisen, dürft ihr nicht mit, denn zum zweiten Mal bekommt ihr keine Ausreisepapiere."

So entschlossen sich die alten Leute doch zur Ausreise.

Bei der Schwester in Sachsenheim konnten sie nicht wohnen, so kamen sie ins Wohnheim nach Bissingen.

Nach ein paar Monaten erfuhren sie vom Hausmeister, Herrn Sauer aus Siebenbürgen, dass in Ludwigsburg-Eglosheim städtische Wohnungen gebaut wurden, in denen die Miete gering war. So zogen sie bald dorthin in die Peter-Eichert-Straße.

Unsere Familie (Miess) 1972 in Petersdorf

Neue Heimat in Deutschland

Wir reisen aus

Wir „Zurückgebliebenen" stellten immer wieder Anträge von Oktober 1972, als meine Schwiegereltern ausreisten bis zum November 1973. Dann klappte es schließlich doch.

Wir gaben nun das, was wir uns in 28 Jahren erschaffen hatten, zu einem Schleuderpreis her, denn die Rumänen wussten ja, dass wir alles verkaufen wollten oder da lassen mussten.

Die meisten Sachen haben wir dem Rumänen gegeben, der nachher in unser Haus eingezogen ist. Wir haben ihm auch das Schwein verkauft. Wir wollten das Schwein zur Waage bringen, aber es ließ sich nicht aus dem Stall bewegen. Auch die Nachbarn halfen mit, aber vergeblich. So wurde das Gewicht geschätzt und eine Schnapsrunde ausgegeben. Ja, das war's.

Am 1. Dezember 1973 sind wir dann von Bukarest aus mit der Fluglinie „Tarom" nach Frankfurt abgeflogen.

Mein Bruder Martin und dessen Frau haben uns nach Bukarest begleitet.

Es war sehr kalt.

Wir mussten raus in die Frachthalle, um unsere Frachtkisten kontrollieren zu lassen. Meine Mutter und Rosemarie blieben im warmen Hotelzimmer.

Die Zöllner haben in unseren Kisten gewühlt wie die Wühlmäuse und die Sachen nicht mehr so schön zurückgelegt, wie wir sie gepackt hatten. So bekamen wir die Deckel nicht mehr zu. Meine Schwägerin und ich stiegen auf die Kisten und drückten fest, bis die Schlösser wieder zugingen.

So ging einiges Geschirr und das Schachspiel meines Mannes kaputt.

Sie hatten es eilig zu kontrollieren, denn außer uns hatten sie noch weitere Familien. Aus Petersdorf reiste noch eine Familie Gottschick aus, die uns gegenüber wohnte, ebenso eine Familie Grum aus Neudorf.

Mein Bruder Martin hatte mit seiner Familie auch einen Antrag gestellt, sie mussten allerdings noch warten, denn die Tochter Maria hatte Georg Stierl aus Neudorf geheiratet und hatte bereits drei Töchter. Auch sie hatten bereits den Antrag gestellt, mussten aber ebenfalls noch lange auf die Ausreisegenehmigung warten.

So wurden die Familien wieder getrennt, diesmal jedoch nach eigener Entscheidung.

Auf unserem Flug von Bukarest nach Frankfurt hatten wir eine klare Sicht von oben, sahen die ungarische Puszta, die vielen Waldviertel in Österreich und kurz vor der Landung in Frankfurt sahen wir ein ganzes Häusermeer.

Beim Aussteigen waren schon Rot-Kreuz-Schwestern da und servierten heißen Tee und halfen den Älteren, die nicht mehr gut gehen konnten, in den Bus einzusteigen.

Meine Mutter sagte: „Hier sind doch gute Menschen in Deutschland!"

Wir wurden zuerst nach Nürnberg in das Wohnheim gefahren und waren froh, dass wir in warmes Zimmer bekamen.

Am selben Abend kamen schon einige Neudorfer und begrüßten uns. Sie brachten auch Geschenke. Das war eine Freude! Die Kusine meines Mannes, Rosina Schuster mit Ehemann und den zwei Kindern war auch schon da in Nürnberg und kamen uns begrüßen. Sie luden uns für den nächsten Tag zum Essen ein.

Wir blieben nicht lange in Nürnberg, weil wir nach Bissingen wollten. Nach drei Tagen wurden wir zusammen mit der Familie Gottschick mit dem Bus nach Rastatt gefahren. Die Familie Grum aus Neudorf ist gleich von Nürnberg aus nach Großsachsenheim gefahren. Der Schwiegervater von Johann Grum ist gleich gekommen und hat die Familie mit den drei Kindern bei sich aufgenommen. Er hatte schon ein Haus gebaut, denn er war nach dem Krieg hier geblieben.

Wir blieben nur ein paar Tage in Rastatt. Am 5. Dezember wurden wir von unserer Tochter gefragt, ob der Nikolaus auch wüsste, dass wir nun in Rastatt sind. Wir antworteten: „Das werden wir Morgen Früh sehen, ob etwas in den Schuhen drin ist."
Wir gingen noch am späten Nachmittag in einen Spielwarenladen um ein Geschenk zu kaufen. Wir hatten ein wenig Geld, denn in Nürnberg hatten wir 250 D-Mark Begrüßungsgeld erhalten.
Ein großes Geschenk konnten wir uns allerdings nicht leisten.
Sie wünschte sich einen Teddybären.
Als wir die Verkäuferin fragten, was ein Teddybär kostet, war der uns leider zu teuer. Wir sagten ihr, dass wir erst vor 5 Tagen nach Deutschland gekommen sind und vorübergehend im Wohnheim in Rastatt sind, sie solle uns einen billigeren Bären suchen. Das tat sie auch und schenkte uns dazu noch einen kleinen Bären und einen Clown, der sich auf einer Kugel drehte und dabei immer mit den Augen zwinkerte. Wir waren gerührt über die Gutmütigkeit der Verkäuferin und haben uns mehrmals bedankt.
Es gab doch noch Menschen mit Herz in der Welt.
Am anderen Morgen war die Freude doppelt so groß bei unserer Rosemarie: „Schaut mal her, was mir der Nikolaus hier in Deutschland in die Schuhe gesteckt hat!"

Nach ein paar Tagen brachte man uns ins Wohnheim nach Heilbronn, weil wir nach Bissingen wollten.
In Rastatt hatte man uns angeboten, wir könnten nach Baden-Baden gehen und dort arbeiten, aber wir wollten ja nach Eglosheim zu den Schwiegereltern.
In Heilbronn blieben wir eine ganze Woche, weil in Bissingen kein Platz im Übergangswohnheim frei war.

Wir konnten ja geduldig warten, hatten ein warmes Zimmer, konnten dort kochen. Das bisschen Geld, das wir in Nürnberg bekommen hatten, teilten wir so ein, wie in unserem ganzen Leben – das wir was zum Essen hatten.

Mein Mann und ich und die Familie Gottschick gingen zum Einkaufen. Wir konnten uns nicht satt sehen, was es da alles zu kaufen gab, vor allem an Obst und Gemüse. Daheim hatten wir ja auch vieles eingekellert für den Winter, aber was man hier alles sah war überwältigend.

Meine Mutter und Rosemarie blieben im warmen Zimmer und zählten vom Fenster aus die Autos, die auf der Straße vorbeifuhren.

So verging die Zeit.

In Bissingen

Nach einer Woche ging es dann endlich nach Bissingen, da erhielten wir ein geräumiges Zimmer, mussten aber Bad und Küche mit vier weiteren Familien teilen. Wir verstanden uns gut. Es war eine Familie aus Russland, eine Familie aus Polen und zwei Familien Banater Schwaben.

Nun fing die Suche nach einem Arbeitsplatz an.

Mein Mann fand gleich Arbeit bei der DLW in Bietigheim in der Latex-Küche, wo die Lösung für die Teppichböden gemischt wurde. Wenn man nur Feldarbeit kannte, hatte man keine große Auswahl. Wir waren froh, dass er gleich Arbeit gefunden hatte.

Etwas Lustiges erlebten wir bei der Bank.

Als wir zur Kreissparkasse gingen, um ein Giro-Konto zu eröffnen, auf welches sein Lohn überwiesen werden konnte, kam es zu einem Missverständnis. Der Bankangestellte legte uns ein Sparbuch an. Wir guckten uns ratlos an und sagten. „Wir haben ja noch kein Geld, um es auf's Sparbuch anzulegen."

„Nicht so schlimm" erwiderte er „haben Sie eine Mark?"

„Ja, eine Mark haben wir."

„Na, dann legen Sie diese auf's Büchle an, Sie werden sehen, wie die eine Mark am Ende des Jahres gewachsen ist."

So war es dann auch.

Im Wohnheim haben wir ganz wenig Miete gezahlt, nur 79 Mark im Monat und so konnten wir fast die ganzen eintausend Mark, die mein Mann im Monat verdiente, auf das Sparbuch anlegen.

So ist die eine Mark in einem Jahr auf fast 15.000 Mark angewachsen, denn ich hatte mittlerweile auch eine Arbeitsstelle gefunden, bekam aber viel weniger Lohn als mein Mann.

Zum Leben hat es gereicht und es blieb auch noch etwas übrig.

Mit meiner Freundin Rosina Gottschick, die auch im Übergangswohnheim in Bissingen untergebracht war, sind wir zu vielen Unternehmen gegangen, bis wir endlich im Januar eine Arbeitsstelle gefunden hatten. Es war in der Kunststoff-Fabrik Weigelt und Söhne in Bietigheim. Wir arbeiteten jedoch nicht in der großen Halle in Bietigheim sondern in einer kleineren in Bissingen. Am ersten Tag kam der Meister und sagte, ich hätte meinen Arbeitsplatz an der Kuris. Das war ein großer Tisch, 3m lang und 3,5m breit, der lief auf Rädern und mitten durch lief eine elektrische Säge, 7,5m lang. Dort sollte ich den Kunststoff zuschneiden, je nach Auftrag. Er fragte, ob ich auch ein bisschen Mathematik könnte.

„Na ja, es geht so. Es war nicht mein bestes Fach in der Schule, aber das Einmaleins, Malnehmen, Plus und Minus geht so."

„Na, mehr brauchen Sie auch nicht."

Ich müsste die Teilchen alle berechnen, die ich schneide und in die Kartons lege.

Den ganzen Tag hatte ich die Taschen voll mit Rechnungen, aber es ging gut.

Meine Freundin Rosina Gottschick schaffte ein paar Schritte hinter mir an einer Stanze. Sie musste die Teilchen aus der Kunststoffplatte herausnehmen, die sie gestanzt hatte. Wir arbeiteten uns schnell ein und waren froh, Arbeit gefunden zu haben.

Freitags arbeiteten wir nur bis 13 Uhr, dann ging's gleich los zum Tengelmann, wo wir einkauften für das Wochenende. Danach fuhren wir mit dem Bus heim. Wir waren so zufrieden, wünschten uns nichts besseres.

Meine Schwiegereltern kamen jeden Sonntag aus Eglosheim zu Besuch . Es war ja nicht so weit. Hin und wieder haben sie auch Rosemarie für eine Woche zu sich mitgenommen.

Als wir in Bissingen ankamen, haben wir viel Besuch aus Sachsenheim bekommen. Tante Rosina mit ihren Töchtern und Schwiegersohn, Tante Katharina mit ihrem Sohn und Schwiegertochter.

Die Tochter Katharina lebte noch mit ihrer Familie in Bistritz. Sie konnten nur sehr spät ausreisen.

Onkel Georg, der Bruder meines Schwiegervaters verstarb in Bistritz noch bevor sie die Ausreisegenehmigung erhielten. Onkel Johann, der Mann von Tante Rosina Berger starb in Sachsenheim kurz nach der Ausreise.

Weiter besuchte uns Familie Thomas Stierl aus Sachsenheim, mit denen wir entfernt verwandt waren. Thomas Müller, ein ehemaliger Arbeitskollege meines Mannes, der auch in der Blasmusik mitgespielt hatte, besuchte uns mit seiner Frau. Familie Hendel und Ungar kam aus Hegnach zu Besuch. Sie stammten aus meinem Heimatdorf Burghalle und waren Cousinen zweiten Grades von mir. Sie sind nach dem Krieg in Deutschland geblieben.

Über jeden Besuch haben wir uns sehr gefreut.

Im Sommer kam noch ein ganz lieber Besuch zu uns ins Heim: Mein Bruder Hans. Er hatte die Erlaubnis von den DDR-Behörden bekommen, seine Mutter im Westen zu besuchen, jedoch ohne seine Ehefrau.

Es war das letzte Mal, dass er meine Mutter sprechen konnte.

Meine Mutter war sehr froh, dass sie ihren jüngsten Sohn noch einmal sehen konnte.

Sie sagte: „Wer weiß, wann Martin mit seiner Familie rauskommen kann."

Die Zeit verging.

Meine Schwiegereltern bemühten sich, eine Wohnung in Eglosheim für uns zu finden, aber es war nicht so einfach. Wir hatten ja Zeit. Es gefiel uns sehr gut in Bissingen. In der Küche ging es sehr lustig zu. Die eine guckte von der anderen ab, was sie kochte und lernte von ihr, was sie noch nicht wusste.

Einmal kaufte das Ehepaar Stavinonga aus Polen zwei Suppenhühner und kochte einen halben Tag lang Suppe, aber das Fleisch konnten sie nicht essen. Es war zäh wie Leder.

Als ich abends von der Arbeit kam, klagte sie mir, dass sie das Hühnerfleisch nicht essen könnten. Was solle sie machen, solle sie es im Backofen garen?

„Na ja, probieren Sie es mal."

Dann hat sie es von 18 bis 22 Uhr gegart, aber essen konnte man es immer noch nicht.

Alle in der Küche haben es probiert, aber niemand wollte das zähe Fleisch essen. Die Hähnchen sind im Abfall gelandet.

Sie sagte: „Nie wieder kaufe ich Suppenhühnchen, auch wenn sie noch so billig sind."

Durch Schaden wird man klug.

Einmal briet ich etwas – ich weiß nicht mehr was – in der Pfanne. Dabei ist etwas Wasser in die Pfanne gelangt. Auf einmal ist das Fett an die Decke gespritzt, alles war voller Flecken. Danach haben wir die Decke streichen müssen.

Ein anderes Mal ist meiner Mutter das Essen im Topf stark angebrannt. Als ich Abends aus der Arbeit heim kam, klagte sie ihr Leid, dass der Topf verbrannt sei. „So ist es, wenn man alt ist und nur Schaden macht."

„Lass gut sein Mutter, es ist ja kein Menschenleben. Wenn ein Gegenstand kaputt geht, den kann man ersetzen, aber ein Menschenleben nicht."

Meine Mutter war sehr froh, wenn sie für meinen Mann kochen konnte. Wenn er Nachtschicht hatte, war er tagsüber daheim und froh, wenn er ein warmes Mittagessen bekam.

Wir hatten uns so aneinander gewöhnt, als ob wir eine große Familie wären.

Sonntags gingen wir in die Kirche. Der Pfarrer freute sich sehr darüber. Es waren noch einige Familien aus Petersdorf, Neudorf, Deutschbudak und Senndorf im Wohnheim.

Wir wurden vom Pfarrer ins Gemeindehaus zum Kaffee eingeladen und bekamen eine Bibel und ein Gesangbuch geschenkt.

Wir hatten zwar unsere eigenen von daheim mitgebracht, freuten uns aber dennoch.

Eines Sonntags kamen meine Schwiegereltern und sagten, dass man in ihrer Nähe ein neues Gemeindehaus baut und dass dafür ein Hausmeisterehepaar gesucht wird, ob wir uns so etwas vorstellen könnten.

„Ja, warum nicht?"

Es war jedoch noch ein weiter Weg, bis man uns dort anstellte.

Als die Stelle in der Zeitung ausgeschrieben wurde, bewarben wir uns darauf und warteten geduldig.

Dann wurden wir zu einem Vorstellungsgespräch eingeladen in das Gemeindehaus Fischbrunnenstraße. Dort war der Kirchenrat versammelt, ebenso die zwei Pfarrer, Herr Seizinger und Herr Lempp. Von der Kirchenpflege aus Ludwigsburg war Herr Wien mit seiner Sekretärin anwesend, Fräulein Supp.

Wir wurden ausgefragt, wo wie herkämen. Unseren ganzen Lebenslauf mussten wir erzählen. Was konnten wir schon sagen? Wir waren Bauernkinder und nach dem Krieg Tagelöhner.

Es war schon spät, als wir aus der Besprechung entlassen wurden.

Wir fuhren mit dem Zug nach Bietigheim und mit dem Bus nach Bissingen. Kaum hatten wir uns die Mäntel ausgezogen, klopfte es an der Tür. Ein Herr Haug vom Kirchengemeinderat aus Eglosheim kam herein. Er ist mit seinem Auto gekommen und hat uns nochmals nach Eglosheim ins Gemeindehaus zurückgebacht. Er sagte, der Oberkirchenrat sei auch gekommen und wolle uns auch kennen lernen.

Dann fingen die Fragen von neuem an. Dann wurde es wirklich spät. Wir sind dann nicht mehr mit dem Zug heimgefahren, sondern Fräulein Supp von der Kirchenpflege brachte uns heim.

Nun warteten wir geduldig, ob wir die Stelle bekommen, denn es gab mehrere Bewerber.

Herr Pfarrer Lempp kam noch einmal zu uns ins Wohnheim, um uns noch ein paar Fragen zu stellen und schilderte uns auch, was uns dort alles erwartete. Ob wir den Lärm vom Kindergarten ertragen könnten und die Jugendlichen unten im Gemeindehaus würden laut sein usw. und ob wir starke Nerven hätten.

Ja, sagten wir, nachdem, was wir nach dem Krieg erlebt hätten, müssten wir schon Nerven wie Drahtseile haben.

Danach dauerte es nicht mehr lange und wir bekamen die Nachricht, dass wir angestellt seien.

Im Gemeindehaus Peter-Eichert-Straße in Ludwigsburg - Eglosheim

Obwohl es eine große Verantwortung war, denn es war auch eine Familienbildungsstätte dabei, haben wir uns doch gefreut. Als Dienstwohnung erhielten wir eine schöne 4-Zimmerwohnung, für die wir wenig Miete zahlten.

Ich wurde zu hundert Prozent angestellt und verdiente mehr als in der Fabrik, mein Mann wurde zu zwanzig Prozent eingestellt für die Reparaturarbeiten.

Er arbeitete zunächst weiter in Bietigheim. Wenn er jedoch von der Nachtschicht heimkam, hatte er keine Busverbindung nach Eglosheim und musste vom Bahnhof in Ludwigsburg bis nach Hause laufen.

So kündigte er bei der DLW und bekam eine Arbeitsstelle bei der Firma Zoller in Eglosheim. Dorthin hatte er nur einen Fußweg von 5 Minuten.

Am 18. Dezember 1974 sind wir aus dem Wohnheim in das Gemeindehaus Peter-Eichert-Straße 13 gezogen.

Ein ganzes Jahr lang hatten wir in Bissingen gewohnt. Nun hieß es wieder Abschied nehmen von der großen Familie, aber es war ein freudiger Abschied.

Wir waren ganz glücklich, dass wir die Stelle bekommen hatten. Ich hatte die Arbeitsstelle zuhause, war auch für meine Familie da. Meine Tochter begann mit der Schule bereits im September in Eglosheim und wohnte bis zu unserem Umzug bei den Schwiegereltern. Ich konnte auch für meine Mutter da sein.

Die Räume konnte ich auch in der Nacht sauber machen und die Stühle für die Kurse des nächsten Tages bereit stellen.

Das Leben im Gemeindehaus war sehr turbulent. Den ganzen Tag gingen Leute ein und aus, vor allem in der Familienbildungsstätte. Es gab viele Kurse. Anfangs wurden nur wenige angeboten, aber das Interesse wuchs ständig, so dass später über 100 Kurse angeboten wurden.

Unten war der Gemeindesaal, Clubraum und Jugendräume. Am Wochenende war Disco, danach sah es aus, wie nach der Sintflut: die neuen Fußböden mit Zigaretten verbrannt, obwohl Aschenbecher da standen, Cola klebte am Boden, die Heizungen waren zerkratzt, die neuen Tische wurden verschnippelt und Schrammen eingeritzt, die Klotüre wurde einmal kaputt gemacht, ein anderes Mal die Glastüre zum Flur.

Die Schäden an den Türen mussten die Jugendlichen bezahlen.

Ab uns zu ging auch Pfarrer Lempp hinunter und blieb eine Weile, aber es beeindruckte keinen.

Es wurde schließlich doch so, wie es uns die Kirchenmänner prophezeit hatten.

Es gab jedoch auch gute Jugendgruppen, die sich anständig benahmen, vor allem die SEM-Jugendgruppe. Die ließ der Pfarrer Sonntag abends in den Clubraum.

Im großen Gemeindesaal wurden viele Feste gefeiert, er wurde auch vermietet, ebenso der Clubraum. Dort war eine schöne Küche mit Geschirr für 120 Personen. Es wurden viele Hochzeiten, Geburtstage und Konfirmationen dort gefeiert. Es war günstiger als in der Gaststätte.

Ich freute mich immer, wenn es eine Veranstaltung gab. Sie waren meistens Samstags oder Sonntags. Für die Mithilfe wurde ich gut belohnt. Manche zahlten mehr als einen Stundenlohn.

Nach einer Beerdigung habe ich sogar für fünf Stunden Kaffeekochen 100 Mark erhalten.

Ich habe mich über jeden Nebenverdienst gefreut wie ein kleines Kind.

„Wenn's nicht fließt, dann tröpfelt's!"

Schön langsam hatten wir uns eingelebt, die Leute waren alle sehr freundlich zu uns. Mit dem Pfarrer wohnten wir nun Tür an Tür.

Schon daheim hatten wir mit dem Pfarrer ein gutes Verhältnis, bereits seit der frühen Kindheit. Nach dem Krieg war mein Schwiegervater Organist. Hier waren wir nun ganz nah beim Pfarrer. Wir hatten ein sehr gutes Verhältnis zu der ganzen Pfarrer-Familie. Pfarrfrau Barbara war eine herzensgute Frau, sie ist uns mit Rat und Tat zur Seite gestanden.

Sie hatten zwei Kinder, eine Tochter Katrin, die zwei Jahre jünger als unsere Tochter Rosemarie war und einen Sohn Stefan, der drei Jahre alt war.

Katrin und Rosi freundeten sich gleich an und Stefan war natürlich immer dabei.

Wenn die Pfarrerfamilie etwas mit den Kindern unternahm, nahm sie unsere Rosi stets mit.

Pfarrer Lempp war so freundlich. Wenn meine Mutter nach ihm verlangte, kam er sonntags nach der Kirche zu uns und las ihr aus der Bibel vor oder aus dem Gesangbuch und wenn sie das Abendmahl nehmen wollte, erfüllte er ihr diesen Wunsch. Dann war sie zufrieden und fühlte sich wie zuhause. Auch hörte der Pfarrer ihr geduldig zu, wenn sie ihm was erzählte, auch wenn er nicht so viel Zeit hatte.

Dann sagte sie zu uns: „Das ist auch so ein freundlicher Pfarrer, wie unserer daheim."

Im Gemeindehaus fühlte sie sich nicht so wohl, wie im Wohnheim. Die Nachbarinnen fehlten ihr. Unsere Wohnung lag oben und es waren viele Treppen zu steigen, das konnte sie nicht mehr. So musste sie oben bleiben. Sie ging zwar auf den Balkon, der war sehr groß und blickte runter, wenn die Kinder im Hof spielten und die Leute in der Familienbildungsstätte ein und aus gingen, aber das konnte sie auch bald nicht mehr. Sie wurde immer schwächer.

„Ach," sagte sie, „ich bin eine reife Garbe und der Herrgott hat mich vergessen."

„Oh nein, Mutter, Er vergisst niemanden, es ist schon einem jeden bestimmt, wie lange er zu leben hat."

Mein Mann sagte zu ihr: „Mutter, hier ist so viel Gutes zum Essen, hol dir, worauf du Lust hast, dass du Kraft bekommst."

„Jaja, Thomas, du wirst schon sehen, wenn du so alt bist wie ich, wie das mit dem Essen ist."

Mutter stirbt

Wir riefen Dr. Mollenkopf zu ihr. Er sagte: „Omale, ich mache dich fit, wie ein junges Mädchen!"

Als er weg war, sagte sie: „Er kann mir ja doch nicht mehr helfen."

Sie wurde immer schwächer. Sie hatte auch keine Lust mehr, mit unserer Rosemarie zu spielen. Sie fragte uns, ob wir sie nun in das Altersheim geben.

„Nein Mutter, du gehst in kein Altersheim, wir werden dich schon pflegen."

Zum Glück hatte ich eine Arbeitsstelle, von der ich jederzeit zu meiner Mutter gehen und nach ihrem Befinden sehen konnte.

Es war nicht einfach.

Unsere Arbeit war erst beendet, wenn der letzte Kurs des Tages aus war. Oft kamen wir erst nach Mitternacht zum Schlafen.

Kaum waren wir eingeschlafen, rief meine Mutter nach uns.

Danach blieb uns nur ein kurzer Schlaf, denn mein Mann musste schon um 6.00 Uhr aus dem Haus gehen.

Der Liebe Gott hat uns viel Kraft gegeben in der Zeit und so haben wir meine Mutter pflegen können, bis zu ihrer letzten Stunde.

Im Oktober 1975 ist sie verstorben.

Es tut weh, wenn man die Eltern verliert, aber das Leben muss weiter gehen.

Mein Bruder Hans aus der DDR durfte zur Beerdigung einreisen, aber nur alleine. Mein Bruder Martin mit Familie lebte noch in Burghalle. Sie durften nicht zur Beerdigung kommen. Es kamen aber dennoch viele Burghallner, die in Wendlingen, Hochdorf, Hegnach lebten und auch Petersdorfer aus Sachsenheim.

Das hatte sich meine Mutter sehr gewünscht, dass viele Verwandte und Bekannte ihrer Beerdigung beiwohnen.

Schon früher, wenn Verwandte zu Besuch kamen, hat sie diese zu ihrer Beerdigung eingeladen. Auch die Trauerpredigt, die der Pfarrer halten sollte, hat sie selber verfasst und sie Pfarrer Lempp ausgehändigt.

So ist ihr Wunsch in Erfüllung gegangen.

Mit 88 Jahren hatte sie ein schönes Alter erreicht, obwohl sie auch sehr viel in ihrem Leben mitmachen musste, dafür waren wir Gott sehr dankbar, und auch dafür, dass wenigstens ein Bruder da war, um sie auf ihrem letzten Weg zu begleiten.

Ein paar Tage blieb er noch auf Besuch bei uns, dann musste er wieder heim.

Ausflüge und Reisen

Bei uns kehrte der Alltag im Gemeindehaus wieder ein. Man sagt ja, die Arbeit lenkt einen von traurigen Gedanken ab.

Wir wurden bereits am Anfang eingeladen, im Kirchenchor mitzusingen, aber wir konnten nicht hin gehen, weil wir meine Mutter nicht so lange allein lassen konnten.

An Weihnachten 1975 haben wir zum ersten Mal mitgesungen. Alle waren sehr freundlich zu uns. Wir haben auch viele Ausflüge mit dem Chor mitgemacht.

Wenn ein Jubiläumsjahr war, wurde ein viertägiger Ausflug gemacht.

Als wir das erste Mal an einem viertägigen Ausflug teilgenommen haben, sind wir über Österreich in die Dolomiten nach Italien gefahren. Es war sehr schön, was wir dort sehen konnten.

In Ragla hatte ich bereits viele Romane gelesen von der Frau Salvan, darunter auch über die Dolomiten, über Judithlein vom Platterhof, dann „Der junge Maimensch" oder „Wie aus Junker Rochus Pater Paulus wurde." Und nun durfte ich die Dolomiten sehen!

Auch waren wir mal in Jugoslawien, dann mal vier Tage in Hameln. Wir haben sehr viele Schlösser und Burgen besucht, über einige davon hatte ich schon Bücher gelesen, nun durfte ich sie mit eigenen Augen und im Original sehen.

Mit dem Kirchenchor haben wir viele schöne Stunden erlebt.

Hin und wieder war Hocketse nach dem Singen.

Dann gab es jedes Jahr ein Gartenfest, das Weihnachtsfest, Geburtstage, die gefeiert wurden usw. In so vielen Jahren „wächst man zusammen" wie eine Familie.

Mein Mann hat fast 27 Jahre mitgesungen, ich „nur" 24.

Zu unserem Pfarrer Schuller hatten wir einst gesagt, wir könnten nun aufhören zu singen, da wir schon 40 Jahre alt seien. Daraufhin hat er gelacht und geantwortet, in Deutschland würde man auch mit 80 noch im Chor singen – und so war es auch.

Bei uns im Kirchenchor waren sogar über Achtzigjährige, wenn die Stimme noch mithielt und sie Lust hatten, im Chor mitzusingen.

Auch mit dem Obst- und Gartenbauverein sind wir öfter auf Ausflüge gefahren, ebenso mit der Landsmannschaft der Siebenbürger Sachsen. Wir haben bei all diesen Vereinen mitgewirkt.

Dann wurde noch von der Kirchenpflege aus jedes Jahr ein Ausflug für die Mitarbeiter organisiert. Das war einfach schön.

1976 haben wir dann auch meinen Bruder Martin in Markgrafpieske in der DDR besucht und haben zum ersten Mal auch Berlin gesehen. Auf der Spree sind wir durch den schönen Spreewald bis nach Hause gefahren.

Markgrafpieske ist nur sechzig Kilometer von Berlin entfernt. Dort ist viel Wald und gute Luft.

Wir waren sehr zufrieden, dass wir uns hin und wieder mal sehen konnten. Mein Bruder durfte jedoch nicht mehr zu uns kommen, weil die Mutter gestorben war. Zu den Geschwistern gab es keine Ausreiseerlaubnis, aber wir durften ihn besuchen fahren.

Bruder Martin reist aus

1977 bekam Martin mit Familie endlich die Ausreisegenehmigung. Das war wieder eine freudige Nachricht.

Von Nürnberg aus sind sie nach Wendlingen gezogen, denn dort lebten viele Verwandte meiner Schwägerin: drei Tanten, viele Cousinen, die Schwiegertochter Katharina Stierl, geborene Hendel. Martin, der ältere Sohn war mit ihr verheiratet. Die Hochzeit fand statt kurz bevor sie die Ausreise erhalten hatte. So lebte sie bereits in Wendlingen mit ihrer Mutter zusammen. Der Vater war noch jung in Burghalle verstorben.

Auch der Schwager Peter Poschner lebte mit seinen 3 Kindern in Wendlingen. Seine Frau Katharina kam bei einem Autounfall ums Leben. Es war damals ein harter Schlag, nicht nur, weil sie die einzige Schwester der Schwägerin war, sondern auch, weil sie drei kleine Kinder hinterließ.

> *Oftmals wollt ich ganz verzagen*
> *und ich dachte, ich trüge es nie,*
> *habe es aber doch getragen,*
> *aber frag mich nur nicht wie*

Es kommt eben nicht alles so im Leben, wie man es sich wünscht, manchmal kommt es auch so, wie man es nicht will. Für Freud und Leid müssen wir Gott dankbar sein.

So war ich unserem Herrgott sehr dankbar, dass meine beiden Brüder nach dem Krieg am Leben geblieben sind.

Der Bruder Martin war nun mit seiner Familie auch in unserer Nähe. Seine Tochter mit Familie war zwar noch in Neudorf verblieben, aber es bestand die Hoffnung, dass sie auch bald ausreisen konnte. Nach einiger Zeit geschah das dann auch und sie zogen ebenfalls nach Wendlingen.

Unser Häuschen

1977 haben wir ein Reihenhaus in Eglosheim gekauft.

Wir wollten uns hier eine neue Heimat schaffen, aber wir hatten uns damit was eingebrockt!

Wir hatten gehofft, ein günstiges Darlehen zu bekommen, erhielten es aber nicht, weil das Grundstück keine 4 Ar hatte sondern nur 2,5 Ar Garten am Haus.

Wir hatten schon alles perfekt gemacht und beim Notar den Kaufvertrag abgeschlossen und bereits eine Anzahlung gemacht. Wenn wir nun vom Kaufvertrag zurückgetreten wären, wäre dieses Geld größtenteils verloren gewesen.

Unser Finanzberater, Herr Grüb aus Freiberg ist mit uns bis nach Stuttgart gefahren zu den Behörden. Er hatte den Vorschlag, 2 Ar dazuzupachten, aber es ging nicht.

Auf der Rückfahrt sagte mein Mann auf Sächsisch zu mir: „Nun werden wir nicht einmal das Geld haben, uns etwas zum Essen zu kaufen, geschweige denn Kleidung. Die Tilgung wird alles verschlucken."

Unser Herr Grüb bekam am Steuer doch einiges mit und sagte ganz gelassen: „Herr Miess, wir werden das schon so regeln, dass ihnen etwas übrig bleibt für Essen und Kleidung."

In den ersten zwei Jahren war es ganz kritisch. Unsere Tochter gab uns am Monatsende manchmal ihre 20 Mark Taschengeld, die sie von uns bekam, damit wir Lebensmittel kaufen konnten bis am ersten des Monats das Gehalt kam.

Nun waren wir im Reigen und tanzten mit. Wir hatten ein teures Darlehen von der Bank aufgenommen. Die Zinsen waren sehr hoch, bis 13 Prozent. Meine Schwiegereltern haben auch etwas geholfen, aber sie hatten nur eine kleine

Rente, weil sie bereits als Rentner hergekommen sind. Es war eher eine Unterstützung, aber man war zufrieden, mit dem, was man bekam.

Der Bauherr und der Architekt sagten, das Darlehen wäre in 20 Jahren abbezahlt, aber es hat 27 Jahre gedauert, bis wir es geschafft hatten.

Leben im Gemeindehaus

Im Jahr 1979 ist Pfarrer Lempp mit seiner Familie ausgezogen und hat einen Dienst als Studentenpfarrer angenommen. Es tat uns sehr leid. Wir hatten uns so gut verstanden.

Es kam ein neuer Pfarrer mit Familie, Herr Niebling. Er hatte bereits einen Sohn, Florian, ein weiterer, Samuel, folgte. Mit Familie Niebling haben wir uns auch sehr gut verstanden.

Sie haben uns viel geholfen, wenn wir Feste gefeiert haben, zum Beispiel an unserer Silberhochzeit oder bei der Konfirmation unserer Tochter Rosemarie oder bei Geburtstagen. Wir haben alles im Gemeindehaus gefeiert. Frau Christl Niebling hat bei allen Vorbereitungen mitgeholfen, ebenso unsere Verwandtschaft aus Wendlingen und Sachsenheim. So haben wir viele schöne Stunden verbracht.

Die Familie Niebling blieb länger bei uns als Familie Lempp, zog dann aber nach Ilsfeld weiter, wo Herr Niebling eine Pfarrstelle angenommen hatte.

Danach kam ein junger Pfarrer, Herr Hoffmann Richter. Er war noch Junggeselle und seine Freundin lebte noch in der DDR. Sie durfte lange nicht zu ihm ausreisen, obwohl er sehr darum gekämpft hat.

Es war bei den beiden so, wie bei den Königskindern, die nicht zusammenkamen, weil das Wasser viel zu tief war. Für Pfarrer Richter und seine Freundin war die Mauer viel zu hoch, aber letztendlich klappte es dann doch.

So war unser Leben in der Familienbildungsstätte sehr abwechslungsreich. Hunderte von Menschen gingen dort ein und aus.

Sehr lustig empfand ich den Säuglingspflege-Kurs. Dort kamen die Frauen mit ihren Ehemännern, damit diese lernen, Kinder zu wickeln. Das war mir vollkommen neu. Bis dahin hatte ich so etwas noch nie gesehen, denn bei uns zuhause hat kein Mann je ein Kind gewickelt.

Einmal kam die Leiterin eines Kochkurses zu mir und sagte: „Frau Miess, wollen Sie mal schauen, was ich heute koche?"

Sie führte mich zu einem großen zugedeckten Eimer und nahm den Deckel ab. Ich war „fast verschrocken" (wie man bei uns sagte), als ich sah, dass der Eimer voller Krebse war. Die wimmelten im Wasser rum.

„Na", sagte sie „wollen Sie probieren, wenn sie fertig sind?"

„Nein, danke" erwiderte ich.

Ich habe in meinem ganzen Leben weder Krebse noch Krabben noch Kutteln gegessen sondern lieber Polenta mit Käse.

Eine italienische Kursleiterin kochte Polenta.

Die Leiterin der Familienbildungsstätte war Frau Magdalena Wieland. Sie war auch ganz nett zu uns und zu allen Kursteilnehmern. Wir haben sehr viele schöne Stunden mit ihr erlebt als wir da gewohnt haben.

Wenn mein Mann den Rasen mähte, kam mein Bruder aus Wendlingen und half ihm. Es gab zwei Rasenmäher beim Haus.

Frau Wieland sah den beiden so gerne zu. Ihr Bürofenster lag auf der Seite, wo der Rasen des Kindergartens war. Wenn die Männer Pause machten, sagte sie zu meinem Mann: „Herr Miess, holen Sie ein Bierchen aus der Getränkekammer. Ihr habt es verdient!"

Mein Bruder hat mir auch sehr viel geholfen, nach den Kursen aufzuräumen. Die Kurse waren vormittags, nachmittags und abends. Mein Bruder war in Rente, seine Frau ging jedoch noch zur Arbeit. Wenn es ihm langweilig wurde, kam er nach Eglosheim. Da fand er ein wenig Zeitvertreib.

Abends half mir mein Mann die Tische zu stellen oder den Boden nass zu wischen.

Auch meine Schwiegermutter half mir viel im Kindergarten oder beim Großputz in den Sommerferien. Ich hatte Hilfe von drei Seiten. Eigentlich wäre es Arbeit für zwei Vollzeitkräfte gewesen. Das hat die Kirchenpflege dann eingesehen, dass es sehr viele Kurse in der Familienbildungsstätte geworden sind. So wurde für den Kindergarten jemand anderes eingestellt.

Es war zwar eine harte Arbeit, aber sie gefiel mir besser als die in der Fabrik.

Die Familie wächst

1979 heiratete Rosemarie, die Tochter meines Bruders Hans und der Schwägerin Edith in Markgrafpieske. Sie bekamen ein kleines Töchterchen, Dajana. Sohn Helmut war schon verheiratet und hatte bereits zwei Töchter, Mandy und Andrea. Von der ersten Frau trennte er sich und heiratete ein zweites Mal. Er bekam noch einen Sohn Matthias. So sind mein Bruder und meine Schwägerin viermal Großeltern und zweimal Urgroßeltern geworden.

Goldene Hochzeit von Bruder Johann und Edith

1980 hat mein Bruder mit meiner Schwägerin zusammen mit ihren Söhnen Martin und Johann zwei Reihenhäuser gebaut. Mein Bruder baute mit dem jüngsten Sohn und dessen Frau zusammen und der älteste Sohn mit Ehefrau baute mit der Schwiegermutter zusammen. Die Söhne haben viel Eigenleistung erbracht, auch mein Bruder, obwohl er nicht mehr der jüngste war. Mit Gottes Hilfe haben sie es geschafft.

1982 heiratete der jüngste Sohn Johann seine Anni. Sie bekamen ihren Sohn Stefan. Der älteste Sohn Martin und seine Frau Katharina schenkten einem Mädchen, Martina, das Leben.
Die Tochter Maria hatte vier Kinder, drei Mädchen, Roswitha, Brigitte und Renate und einen Sohn, Georg.

So konnten sich mein Bruder und meine Schwägerin über sechs Enkelkinder freuen.

1983 verstarb mein Schwiegervater genauso schnell wie mein Vater. Er lag nur drei Tage im Bett.

1990 bin ich in Rente gegangen, dann zogen wir in unser eigenes Haus ein, denn unsere Nachfolger, Familie Wächter sind ins Gemeindehaus eingezogen.
Gleichzeitig mit uns zog auch der Pfarrer Hoffmann Richter aus nach Japan, für fünf Jahre.
Nach ihm kam Herr Pfarrer Emmerling. Er ist auch heute noch da. Auch mit ihm haben wir einen guten Kontakt.
Er bringt hin und wieder Briefsendungen von der Kirche vorbei, die mein Mann dann verteilt.
1996 verstarb meine Schwiegermutter. Wir haben sie gepflegt und nicht ins Heim gegeben.
1999 ist mein lieber Bruder Martin gestorben, das war wieder sehr traurig für uns. Auch hier gilt der Spruch: *„Was Gott uns auferlegt, hilft er auch tragen.“*
So lange man lebt, vergisst man seine Lieben nicht.
Nun hatte ich nur noch Bruder Johann in Markgrafpieske.

Unsere Tochter heiratet

Dann kamen wieder frohe Stunden in unser Haus.
Tochter Rosemarie heiratete ihren langjährigen Freund Volker Herre aus Kirchheim am Neckar. Wir sind sehr zufrieden mit unserem Schwiegersohn. Er ist immer freundlich zu uns. Auch seine Eltern sind liebe Leute und helfen uns immer, wenn etwas am Haus zu machen ist. Wir haben ein sehr gutes Verhältnis miteinander.

Hochzeit unserer Tochter Rosemarie mit Volker

Unsere Tochter versteht sich sehr gut mit ihren Schwiegereltern und erhält sehr viel Hilfe von ihnen, vor allem seit unsere Enkelin Dana, unser Sonnenschein geboren wurde.
Sie ist der Mittelpunkt der Familie und wir alle haben viel Freude mit ihr.

Unser Enkelkind Dana

So sind wir heute ganz glücklich und zufrieden. Wir wünschen uns heute nur noch die Gesundheit. Im Leben gibt es Freude und Leid, wir nehmen alles aus Gottes Hand, so, wie er es schickt.

Unsere Goldene Hochzeit im Februar 2006

Ich habe nun die Höhepunkte, Freud und Leid meines ganzen Lebens geschildert.
Am glücklichsten empfand ich die Zeit als Bauernmädchen.
Ich träume heute noch oft von dem kleinen Dörflein Burghalle und Petersdorf in Siebenbürgen und danke Gott für mein ganzes Leben bis zum heutigen Tag.

ENDE